KB117364

숙향전, 운영전

한국문학산책 39 고전 소설·산문

숙향전, 운영전

지은이 작가 미상
엮은이 송창현
펴낸이 **안용백**
펴낸곳 (주)넥서스

초판 1쇄 인쇄 2013년 6월 5일
초판 1쇄 발행 2013년 6월 10일

출판신고 1992년 4월 3일 제311-2002-2호
121-840 서울시 마포구 서교동 394-2
Tel (02)330-5500 Fax (02)330-5555

ISBN   978-89-6790-073-1   04810

www.nexusbook.com
지식의 숲은 (주)넥서스의 인문교양 브랜드입니다.

한국문학산책 39
고전소설·산문

작자 미상

숙향전, 운영전

송창현 엮음·해설

지식의숲

차 례

숙향전

*

　중국 송나라 때에 천하제일의 명공(明公)이 있었으니, 성은 김이요, 이름은 전이라 했다.

　그의 집안은 대대로 명문 거족으로, 부친 운수 선생은 도덕이 높은 선비로서 공명에 뜻이 없어 산중에 은거하여 세월을 보냈다. 천자(天子)가 그 소문을 들으시고, 신하를 보내어 이부 상서의 벼슬을 주며 불렀으나 종시 조정에 나오지 않고 산중에서 일생을 마치니, 집안의 형편이 처량했다.

　그의 아들 김전 또한 문장이 빼어나서 이태백과 두보를 압도하고, 글씨는 왕희지를 무색하게 할 정도여서, 그에게 배우려는 선비들이 구름처럼 모여들었다.

하루는 동학에 사는 친구가 호주부로 벼슬하여 부임하게 되었으므로 십 리 밖까지 전송하며 술대접을 하고 반하물 강가에 이르렀다.

때마침 어부들이 큰 거북을 잡아서 불에 구워 먹으려고 법석댔다.

김전이 이를 수상히 여기고 자세히 보니, 그 거북의 이마 위에 하늘 천(天) 자가 있고, 배 위에도 역시 하늘 천 자가 있었다.

김전은 그 거북이 비상한 영물임을 알고 어부들에게 다가가 당부했다.

"이 거북은 영물이니 물에 놓아 살려 주시오."

"우리가 종일 고생 끝에 이 거북 하나를 잡았는데 어찌 놓아 주겠소."

어부들이 이렇게 말하며 말을 듣지 않았다.

이때 거북이 김전을 보고 눈물을 흘리면서 죽을 목숨을 슬퍼하는 형상을 지었다. 그러자 김전은 갖고 있던 술과 안주를 어부에게 주고 그 거북을 사다시피 바꾸어 받아서 다시 강물에 넣어 주었다. 그랬더니 거북이 기쁘게 물속으로 들어가면서 감사한 형용으로 김전을 돌아보았다.

김전이 친구를 전송한 후 그 강을 건널 때에 갑자기 심한 풍랑이 일어서 다리가 무너지고 배가 뒤집혀서 사람들이 물에 빠져 죽었는데, 김전도 물에 빠져서 죽을 지경에 이르렀다.

이때 김전의 앞에 홀연히 꺼먼 널빤지 같은 것이 떠올랐다. 김전이 그 널빤지 위에 올라타서 겨우 위험을 모면했다. 알고 보니 그것은 큰 물짐승이었는데, 네 굽을 허우적거리며 물 위를 살같이 빠르게 달려서 순식간에 건너편 강 언덕에 무사히 오르게 되었다.

'아, 이 짐승이 필경 앞서 구해 준 거북이가 저 살려 준 은혜를 갚고자 나를 구해 주었구나.'

김전이 이렇게 생각하며 그 거북에게 고마워하자, 거북의 입에서 말 대신으로 안개 같은 것이 토해 나왔는데 그 광채가 무지개 서듯이 황홀했다.

이윽고 그 황홀한 기운이 사라지는 동시에 거북도 홀연히 사라지고, 그곳에 새알만 한 진주 구슬 두 개가 놓여 있었다.

김전이 더욱 기이하게 여기고 두 손 위에 놓고 자세히 보니 구슬 가운데 오색 광채가 찬란했다. 그런데 한 개에는 목숨 수(壽) 자가, 한 개에는 복 복(福) 자가 선명히 새겨져 있었다.

'거북을 살려 준 인연이라 하지만 참으로 기이한 일이로다.'

김전은 그런 생각을 하며, 그 구슬 두 개를 갖고 집으로 돌아왔다. 이때 김전의 나이 이십 세였으나, 집이 빈한해서 장가를 들지 못한 총각 신세였다.

*

　형주 땅에 사는 장희라는 사람이 공명에 뜻이 없어서 벼슬을 탐내지 않고 있었으나, 본디 지체가 공후의 자손이라 집이 부유했다. 슬하에 무남독녀를 두었는데, 낭자의 사람됨이 뛰어나고 재주와 용모가 어질고 아름다웠다.

　양친이 장중보옥(掌中寶玉, 매우 사랑하는 자식이나 아끼는 물건을 보배롭게 일컫는 말)같이 아끼면서 사윗감을 고르는데, 여간 안목이 높지 않았다.

　그러던 장희가 김전의 인품이 어질다는 소문을 듣고 청혼을 해 왔고, 김전은 반하물 강가의 거북에게서 얻은 진주로 예물을 보내어 약혼을 하였다.

　그러나 장모 되는 장희의 부인이 그 초라한 예물을 탓 삼아서 남편에게 불평을 해댔다.

　"공경대부들 집안에서 우리 딸에게 구혼하는 귀공자가 구름같이 모여드는 데도 허하지 않으시더니, 왜 구태여 가난한 김전에게 허혼한 거요? 김전의 예물을 보니 그 빈한의 정도를 알겠으며, 외딸의 평생이 걱정입니다."

　그러나 장희가 말했다.

　"혼인은 인륜지대사인데, 당신이 그것을 모른단 말이오? 더구나 혼인에서 재물을 취하는 행위는 오랑캐의 풍습일 뿐 아니라, 당신이 초라하게 여기는 그 폐물의 진주를 보니 천금과 바꾸지 못할 보배요."

그리고 진주를 금은방에 맡겨서 반지로 만들었더니, 그 광채가 눈이 부셔서 보지 못할 정도로 황홀했다.

또한 좋은 날을 택해서 김전을 사위로 삼으니, 신랑 신부의 품격과 용모가 해와 달을 합한 듯이 눈부셨다.

장인 장희는 김전의 풍모를 보고 희색 만연했다.

'내 딸의 사위로는 도리어 과만하다.'

이렇게까지 생각하고, 그를 사랑함이 친아들 못지않았다.

김전은 장 씨를 아내로 맞자, 원앙이 푸른 물에 놀고 비취가 연리지(連理枝, 화목한 부부 또는 남녀의 사이를 일컫는 말)에 깃들인 것같이 금실이 좋았다.

그러나 그들이 결혼한 지 삼 년 만에 장희 부부가 모두 세상을 떠나자, 딸의 애통함이 망극하였다. 김전은 장인 장모의 장례를 극진히 지낸 뒤에 조석으로 제사를 공손히 받들었다.

이러저러 여러 해를 지났으나, 김전 부부의 슬하에 일점혈육이 없어서 서러운 나날을 보냈다.

그러던 어느 해 첫 가을, 칠월 보름날 밤에 김전과 장 씨는 부부 동반하여 누에 올라서 달구경을 하고 있었다. 이때 홀연히 공중에서 꽃송이가 장 씨 치마 앞에 떨어졌다.

이를 이상히 여기고 자세히 보니 배꽃도 아니요, 매화꽃도 아닌데 높은 향기가 진동하는 것이었다. 그때 문득 회오리바람이 불어서 꽃잎이 산산이 흩어지더니 어디론가 날아가 버렸다.

장 씨는 마음에 그 꽃을 아깝게 여기고 집으로 돌아왔는데, 이날 밤에 이상한 꿈을 꾸었다. 꿈에 달이 떨어져서 황금 산돼지로 변하더니 장 씨의 품속으로 기어드는 것이었다.

그 바람에 놀라서 잠을 깬 장 씨는 잠든 남편을 깨워 기이한 그 꿈 이야기를 했다.

"어젯밤에 계수나무 꽃 한 송이가 떨어져 뵈더니, 오늘 밤 꿈도 이러하니, 하늘이 우리의 무자(無子)함을 불쌍히 여겨서 귀자(貴子)를 점지해 주실 모양이오."

남편은 이런 해몽을 하고 기뻐했다.

그랬더니 과연 그날부터 아내 몸에 태기가 있었다. 김전 부부는 크게 기뻐하며 아들 낳기를 기다렸다.

마침내 열 달이 차자, 김전은 의약으로 치료하며 아내의 순산을 빌었지만 장 씨의 건강이 몹시 좋지 않았다. 그러다가 마침 사월 팔 일이 되었는데, 기이한 향기가 풍기며 오색구름이 집을 둘러싸더니 밤이 깊은 후에 선녀 한 쌍이 내려와서 말했다.

"집을 정하게 소제하고 있으면 선녀가 하강하실 거요."

그러고는 장 씨의 산실(産室)로 들어가는 것이었다.

김전이 바삐 나와서 노복을 시켜 집 안팎을 소제하고 기다렸더니, 이윽고 오색구름이 집을 두르며 향기가 다시 진동했다.

김전은 혹시 아내가 죽는 징조가 아닐까 하고 산실로 달려갔다. 아내는 다행히도 순산을 했고, 산파 노릇을 한 두 선녀가 벌써 방문 밖에 나와 있었는데 금세 자취를 감추어 버렸다.

김전이 놀라서 황급히 방안으로 들어가 보니, 아내 장 씨는 기절하고 인사불성이었다.

김전이 아내의 수족을 주무르자 한참 후에 정신을 차렸다. 반색을 하고 낳은 아이를 보니 옥골선풍(玉骨仙風, 살빛이 희고 깨끗하여 신선과 같은 풍채)의 여아였다. 아이의 비범한 모습에 아들이 아닌 서운함도 잊어버렸다.

이 딸의 이름을 숙향이라 하고, 자를 월선궁이라 하여 사랑하고 귀중하게 여김이 더할 나위 없었다.

나이 다섯 살이 되매, 달에서 내려온 선녀의 태생임을 믿어 의심치 않을 정도로 자태가 더욱 아름다워졌다. 보름달이 구름과 안개를 헤치고 창공에 걸린 듯 사람의 눈이 부시고, 목소리가 맑고 고와서 배옥을 산호 채로 두드리는 듯했다.

모든 일에 진선진미(眞善眞美)하니, 김전은 행여나 단명하지나 않을까 걱정되어 유명한 관상가 왕규를 청하여 숙향의 사주를 보였다.

"숙향 아가는 세상 사람이 아니라 월궁항아(月宮姮娥)의 정맥이라, 장차 귀하게 되리로소이다. 다만 옥황상제께 죄를 지어서 인간으로 태어났사오매, 초분(初分)은 험하고, 그 후는 길하리이다."

이 말을 들은 김전이 의아하게 생각하며 반문했다.

"우리 집은 다행히 의식이 족한데 어찌 초분이 괴로우리요?"

왕규가 말했다.

"미리 정하지 못할 것은 사람의 팔자이옵니다. 아가씨는 오세에 부모를 이별하고 사방으로 유랑하다가, 이십 세가 되어 부모를 다시 만나 부귀영화하며, 이 자 일 녀를 두고, 일흔 때 하늘로 올라갈 것이오."

김전은 이 관상가의 말을 믿지 않았으나, 만일의 일을 걱정해서 숙향의 생년월일과 시를 금실로 수를 놓아 만든 비단 주머니를 채워 두었다.

*

이때 송나라의 국운이 불행해서 금나라가 배반하여 서울을 침노하려고, 먼저 형주 지방을 침범했다.

김전의 가족은 피란하다가 도중에서 도적을 만나 재산이 든 행장을 전부 빼앗기고, 김전은 숙향을 등에 업고 아내를 데리고 도망하기 바빴다.

그런데 도적의 추격이 급해서 점점 가까이 몰려오자, 숙향을 업고는 도저히 빨리 도망할 수가 없었다. 기진맥진한 김전이 아내에게 말했다.

"여보, 도적의 추격이 급하고 우리의 힘이 다해서 빨리 도망칠 수가 없으니 어찌하오. 우리가 요행히 살아나면 자식은 다시 만나 보려니와, 만일에 우리가 도적에게 잡혀서 죽어 버리면 죽은 몸은 누가 거두며, 조상 제사는 누가 받들겠소. 혈육의 인정으론 야속하지마는 숙향을 여기 두고 우산 급한 화를 피하였다가, 다시 와서 데려가기로 합시다."

아내는 남편의 이 말을 듣고 망극하여 울며 애원했다.

"나는 숙향과 함께 죽을 결심이니, 당신이나 어서 빨리 피신하여 천금귀체를 보존한 뒤에, 우리 모녀의 죽은 몸이나 찾아서 거둬 주시오."

"당신을 버리고서야, 어찌 나 혼자 피신하겠소. 차라리 함께 죽기로 합시다."

"그건 안 될 말씀이오. 대장부가 어찌 처자 때문에 개죽음을 당한단 말씀이오. 그러지 말고 어서 빨리 당신이라도 먼저 피신하시오."

"내가 당신을 어찌 버리고 가겠소."

김전은 아내의 손을 잡고 주저하며 가려고 하지 않았다.

그러자 장 씨가 통곡하면서 체념한 듯이 말했다.

"당신이 정 그러시다면, 정박한 심정이지만 그럼 숙향을 여기 두고 가십시다."

"자아, 어서 갑시다."

김전이 아내를 재촉하자, 장 씨는 표주박에 밥을 담아서 숙향에게 주면서 타일렀다.

"숙향아! 배고프거든 이 밥을 먹고, 목이 마르거든 냇가의 물을 떠서 마시고 잘 있거라. 우리가 내일 와서 데려가마."

어린 숙향은 어머니의 매정한 말에 발을 동동거리며 울며 애원했다.

"어머니, 아버지! 나를 데리고 가요."

장 씨는 어린 딸의 애원에 가슴이 메어지는 듯하고 정신이 아찔해서 말도 하지 못하다가 우는 소리로 또 달랬다.

"잠깐만 여기서 기다리면 다시 와서 데려가마. 울거나 큰 소리 말고 있어야 한다. 큰 소리를 내면, 도적이 알고 와서 잡아 죽인다. 알겠지, 응?"

그러나 숙향은 더욱 큰 소리로 울면서 어머니에게 매달렸다.

"어머니는 왜 나를 여기 버리고 나 혼자 도적에게 잡혀 죽으라고 해요. 싫어요, 싫어요! 나를 데리고 가요."

그러면서 어머니 옷을 쥐고 놓으려 하지 않았다.

장 씨가 그런 딸을 차마 버리지 못하여 안고 울자, 김전도 마침내 통곡하면서 말했다.

"형세가 급한데, 어찌 그 애 하나 때문에 세 가족이 다 죽는단 말이오. 당신이 정 가지 않는다면, 나도 안 가고 여기서 함께 잡혀 죽겠소."

장 씨는 천지가 망극하여, 마침내 옥가락지 한 짝을 빼어 숙향의 옷고름에 매어 주며 달랬다.

"숙향아, 울지 말고 여기 있으면 내가 곧 오마."

결심을 하고 뒤를 돌아보니, 도적이 벌써 달려오고 있었다. 김전이 황망히 장 씨를 이끌고 가니 숙향이 통곡했다.

"어머니, 날 버리고 어디로 가요? 나도 데리고 가요!"

숙향이 통곡하며 부르는 소리가 멀리까지 들려왔다. 김전 부부는 간장이 녹는 듯이 저리고 아팠지만 어두운 길을 허둥지둥 달아났는데, 그 형상이 실로 참혹했다.

도적이 와서 홀로 우는 숙향을 보고 말했다.

"네 아비 어미는 어디로 갔느냐? 간 곳을 알리지 않으면 죽여 버린다."

숙향은 제 부모를 찾는 데 놀라서 울면서도 정신을 차리려고 애를 썼다.

"나를 버리고 간 부모를 내가 어찌 알겠어요. 알면 내가 찾아가지요."

도적은 잔인하게도 숙향을 죽이려고 얼러 댔으나, 도적 중의 한 명이 말했다.

"몹쓸 제 아비 어미가 버리고 간 불쌍한 어린 것이 배가 고파서 우는데 무슨 죄가 있다고 죽이겠느냐. 여기 이대로 두면 산짐승에게 상할 거다."

그러고는 인정 있게 업어다가 마을 앞에 두고 가면서 눈물까지 머금었다.

"나도 자식이 이만한 것이 있는데, 참으로 가련하다. 네 부모가 너를 버리고 가면서 오죽 마음이 아팠으랴!"

숙향이 어디로 갈지를 몰라 부모만 부르면서 길에서 방황하자, 그 정상을 보는 사람들마다 불쌍히 여겼다.

그런 중에 날이 이미 저물고 인적이 그쳤으며, 지치고 겁에 질린 숙향은 덤불 밑에 엎드려서 하염없이 울었다. 그때 문득 황새 한 떼가 하늘에서 날아와 날개로 덮어 주었으므로 춥지는 않았다. 그리고 원숭이 떼가 아직 살아 있는 물고기를 갖다 주

어, 배가 부르도록 먹었다.

이튿날 아침에 까치가 날아와서 숙향의 앞에 와서 오락가락했다. 그 모습이 마치 어디로 인도하려는 기색 같았다.

숙향이 울면서 그 까치를 따라서 고개 여럿을 넘어 가니 한 마을이 있었고, 마을 사람들이 숙향을 보고서 물었다.

"어떤 아인데 혼자 헤매느냐?"

"우리 부모가 내일 와서 데려간다 하시더니, 지금껏 찾아오지 않아요."

숙향이 울며 대답하자, 모두들 가여워했다.

그들도 숙향의 얼굴이 고우므로 데려다가 기르고 싶어 하는 사람이 많았다. 그러나 병란으로 모두가 피란을 갈 때인지라 그리하지도 못하고, 다만 밥을 먹여 주면서 일렀다.

"우리도 피란길이기 때문에 데려갈 수가 없구나. 이 밥을 먹고 어디로든지 안전한 데로 가거라."

*

한편, 일시 피신하였던 김전은 아내 장 씨를 깊은 산속에 감추어 두고, 살며시 산에서 내려와 숙향을 찾아갔다. 그러나 종적을 알 수 없었으므로 필경 죽었으려니 하고, 아내가 있는 산중으로 돌아가는 수밖에 없었다.

"숙향이 그 근처에 없는 걸 보니, 필경 죽은 모양이오."

남편이 울면서 말하자, 장 씨는 통곡을 하다가 그만 기절할 지경까지 이르렀다.

김전이 아내를 위로하며 말했다.

"모두 운명이니 너무 서러워 말아요. 아까 내가 죽었으리라고 한 말은 낙망 끝의 말이었소. 어린 것이 그 두고 온 장소에서 멀리 가지 못하였을 터이니, 죽었으면 시체라도 그 근처에 있을 것인데 그것조차 없었으니 필경 누가 데려간 것이 분명하오. 숙향이 어렸을 때 사주를 본 관상가 왕규가 다섯 살 때에 부모와 이별한다고 하지 않았소. 그 말이 맞는 것이니 너무 상심치 마시오."

"가엾어라……. 숙향아, 내가 너와 함께 죽지 못한 것이 한이다. 여보, 당신은 관상가의 말이나마 믿어서 죽지 않았으리라 하시지만, 그 애는 죽었어요. 요행히 살아 있을지라도 누구를 의지하고 살아가겠어요."

하면서 다시 혼절했다.

김전은 어찌 바를 몰라 하며 다시 아내에게 말했다.

"숙향이 살아 있으면 앞으로 반드시 만나게 되리니, 당신도 왕규의 말을 믿어요."

*

이 무렵, 숙향은 피란하는 사람들이 다 흩어져 가 버린 밤중에 홀로 남게 되었다. 천지가 적막하고 달빛이 처량한데 배도 고프고 슬픈 나머지 홀로 울고 있었다. 그때 어디선가 푸른 새가 나타나 숙향을 인도했다.

숙향이 그 푸른 새를 따라서 한 곳에 이르렀는데, 으리으리한 큰 전각이었다. 풍경 소리가 은은히 울리는 가운데 청의(青衣)의 소녀가 그 전각에서 홀연히 나오더니, 숙향을 안고 높은 집으로 들어갔다.

숙향은 놀라는 눈으로 주변을 둘러보았다. 화관을 쓰고 칠보 단장을 한 아름다운 부인이 황금교의에 앉았다가 숙향을 보고 황망히 자리에서 내려오더니, 동편에 놓은 백옥교의로 가서 앉았다. 그냥 울고만 있는 숙향을 바라보며 부인이 말했다.

"선녀가 인간 세계에 내려와서 더러운 물을 많이 먹어 정신이 상하였으니, 선약 경액(瓊液)을 쓰도록 하라."

부인의 명을 받은 시녀가 경액을 만호종에 가득 부어서 주었

다. 숙향이 그것을 받아 마시자 이내 흐렸던 정신이 선명해지
며, 전생에 월궁(月宮) 선녀인 자신이 천상에서 놀던 일과, 인간
세계에 내려와서 부모를 잃고 고생한 일이 역력히 떠올랐다. 몸
은 비록 아이지만 마음은 어른이었다.

숙향은 머리를 들어 부인에게 사례했다.

"제가 하늘에서 죄를 얻어 인간으로 내려와서 고초를 당하던
중, 부인께서 이처럼 데려다가 관대히 대하여 주시니 감사하옵
니다."

"그런데 선녀는 나를 아십니까?"

"제가 멀리 나와 고생을 한 탓으로 정신이 혼미하여 알아 뵙
지 못하오니 황송하옵니다."

나는 후토 부인이로소이다. 선녀가 인간에 내려와서 고초이
단(苦楚異端)이시매 원숭이와 황새와 파랑새를 보냈는데, 그것
들을 보셨나이까?"

"모두 보았사옵니다. 부인의 은혜 백골난망이오라 천상의 죄
를 속하옵고, 부인 좌하(座下)의 시녀가 되어 은혜를 갚고자 하
옵니다."

"선녀는 월궁소아라. 불행히 지금 인간으로 잠시 귀양살이를
하지만, 칠십 년의 고락을 지내시면 다시 천궁의 즐거움을 누
리실 것이니 서러워하지 마소서. 오늘은 이미 날이 저물었으니,

오늘은 나와 함께 머무시고 내일 돌아가소서."

하더니 좋은 음식과 풍악을 갖추어 대접했다. 그것들은 인간 세상에서 보지 못한 풍류였다.

부인이 경액을 권하니, 숙향의 정신이 상쾌 총명해져서 천상의 일만 기억되고 인간 세사는 깨끗이 잊혔다.

숙향이 후토 부인에게 물었다.

"듣자오니, 명사계는 시왕(저승에 있다고 하는 십대왕. 순차로 각 왕의 거소를 거쳐, 사바세계에서 저지른 죄의 재단을 받고 그 결과에 의하여 내세의 생소가 정해진다고 함)이 계시다 하더니 정녕 그렇습니까?"

"그렇소이다."

숙향의 물음에 후토 부인이 대답했다.

"인간의 부모를 시왕전에 있으면 만날 수 있겠습니까?"

"선녀의 부모는 인간으로 그저 계시거니와, 옥황상제의 사람이 아니라 봉래산 선관(仙官) 선녀로서 인간으로 귀양 내려간 것이옵니다. 기한이 차면 다시 봉래로 가시니 이곳에 계실 리 없사옵니다."

"인간 세상으로 나가면 다시 부모를 찾아볼 수 있겠습니까?"

인간으로 태어난 숙향의 말인지라, 후토 부인은,

"월궁의 선녀로 계실 때는 옥황상제님께 득죄하여 억울하게 되었더니, 규성이란 선녀가 옥황님께 득죄하여 인간으로 내려 와 장 승상의 부인이 되었사옵니다. 선녀도 그 댁으로 가서 전생의 은혜를 갚고, 바야흐로 때를 만나 귀히 되고 부모를 만날 것입니다. 그것은 앞으로 십오 년 이후가 될 것입니다."

"인간의 고행을 생각하면, 일각이 삼추 같사온데 십오 년을 어찌 지내리까. 차라리 죽는 것이 나을 것 같사옵니다."

"이것은 천명이라, 천상에서 득죄하여 받는 것입니다. 다섯 번 죽을 액을 겪고서 생전의 죄를 속한 후에 인간의 영화를 보실 것입니다."

이윽고 금계(金鷄)가 울고 날이 밝아 오니 부인이 황급히 말했다.

"선녀를 모시고 하고 싶은 말씀이 무궁하오나, 가실 곳이 머옵고 때가 늦어 가니 어서 가소서."

"때는 늦어 가나, 인간의 길을 모르오니 누구의 집으로 의탁해 가오리까?"

"그건 염려 마소서. 선녀가 가실 길은 내가 알리오리다. 장 승상 댁으로 먼저 가소서."

"장 승상 댁이 여기서 얼마나 되나이까?"

"삼천 삼백 리지만 그건 염려 마소서."

부인은 화분에 심은 나무 한 가지를 꺾어서 흰 사슴의 뿔에 매고서 다시 말했다.

"이 사슴을 타면 순식간에 만 리라도 가시리니, 시장하시거든 이 열매를 가지고 가소서."

숙향은 부인에게 사례하고 사슴의 등에 올라탔다.

사슴이 한 번 굽을 치고 달리자, 만리 강산이 번개같이 눈앞을 지나갔다.

가는 새 없이 한 곳에 이르니 사슴이 더 가지 않고 발을 멈춰 섰다.

숙향은 사슴의 등에서 내리자 배가 몹시 고팠으므로 부인이 준 열매를 먹었다. 그러자 배가 부르면서 천상의 일이 일시에 잊히고, 마음도 다시 인간으로 돌아와서 타고 왔던 사슴이 물지나 않을까 하는 생각조차 들기 시작했다.

그곳은 초목이 무성하여 어디로 갈지 길도 없으므로, 잠시 모란나무에 몸을 기대고 졸았다.

알고 보니 이곳은 흠남군 땅의 장 승상 집의 동산이었다.

*

장 승상은 한나라 장량의 후손이라 일찍이 벼슬하여 명망이 조정에서 으뜸이었다. 사십 전에 승상이 되어 부귀공명이 일국에 제일이더니, 시종조 때에 간신의 모함을 만나서 사직하고 고향으로 돌아와서 한가로운 세월을 보내고 있었다.

그러나 슬하에 일점혈육이 없어 항상 슬퍼했는데, 승상이 하루는 꿈을 꾸었다. 선녀가 구름을 타고 하늘에서 내려와서 계화꽃 한 가지를 주면서 말했다.

"전생의 죄가 중해서 무자(無子)하였더니, 이제 이 꽃을 주매 잘 간수하라. 그러면 뒤에 좋은 일이 있을지라."

놀라서 깨어 보니 꿈이었다. 부인을 불러 꿈 이야기를 하고,

"우리 부부 무자하여 쓸쓸하더니, 이제 하늘이 자식을 점지하시는 모양이오. 그러나 우리 나이 오십에 어찌 생산을 바라겠소."

하고 한탄했다.

그런데 그때 집 위의 하늘에 오색의 안개가 어리어 있고, 기이한 향기가 집 안에 가득 찼다.

이때가 겨울이라, 승상이 다시 이상히 여겼다.

"오색 안개가 어리고 꽃이 피어 향내를 풍길 계절이 아닌데, 꿈처럼 이상도 하오."

하고 청려장(靑藜杖) 명아주대로 만든 지팡이를 짚고 뒷동산에 올라가서 주위를 살펴보았다.

그런데 모란 포기에 새 잎이 피어나는데, 그 밑에서 어린 소녀가 잠을 곤히 자고 있는 것이었다. 승상이 놀라서 부인과 시녀를 부르는 소리에 그 잠자던 소녀가 깨어서 울기 시작했다.

장 승상이 그 소녀 앞으로 가서 물었다.

"너는 어떤 아이인데, 이 동산에서 혼자 자고 있느냐?"

숙향은 반갑기도 하고 겁도 나서 울며 말했다.

"저는 부모를 잃고 거리로 헤매던 중에 어떤 짐승이 업고 가다가 여기에 두고 간 모양입니다."

"네 나이는 몇 살이고, 이름은 뭐냐?"

"나이는 다섯 살이요, 이름은 숙향이라 하옵니다. 우리 부모가 나를 바위틈에 숨겨 두고 가시면서, 내일 와서 데려간다고 하시더니 오시지 않아서 울고 있습니다."

장 승상이 측은히 여기고 탄식하며,

"허어 부모 잃은 어린애로구나."

하고 부인을 불러다 보이니, 그 소녀의 모습이 꿈에 본 아이와 똑같았으므로 기뻐하며 말했다,

"이것은 하늘이 우리에게 자식 없음을 가엾이 여기시고 주신 아이이니, 집에서 기르고 싶소이다."

하고, 안고 들어가 음식을 먹이고 옷을 갖추어 귀엽게 길렀다.

어느덧 이태가 지나서 일곱 살이 되었다. 숙향의 얼굴은 일월

같고, 배우지 않은 글에도 능통할 뿐 아니라 수놓기를 잘하여, 승상 부부의 사랑은 친딸 이상이었다.

이러구러 열 살이 되니 점점 기이한 재주를 나타냈고, 부인의 사랑과 신임이 두터워서 집안의 크고 작은 일을 모두 맡겼다.

숙향은 모든 일의 전후곡절을 잘 살피고, 늦게 자고 일찍 일어나는 등으로 부지런하며, 승상 부부를 친부모처럼 지성으로 섬기고, 여러 남녀 비복을 인덕으로 부렸다.

승상 부부의 의향은 어진 가문에서 숙향의 배필을 구하여 가문의 후사를 맡기려고 기회를 기다렸다.

그러나 장 승상 집에 오래 있던 사향이라는 계집종이 숙향에게 큰 불평을 품게 되었다. 그전에는 사향이 이 큰 집의 살림을 도맡다시피 하면서 재물을 속여 내고 하여 제 집도 부자 부럽지 않게 지냈다. 그러나 숙향이 가사를 맡은 후로는 쪼개지 않고 꼭지 근처에 구멍만 뚫고 속을 파낸 바가지처럼 세도도 실속도 없게 되자 불만이 많았다.

그리하여 사향은 숙향을 해칠 기회만 노리고 있었는데, 그럴 틈을 얻지 못하자 계략을 꾸미기에 이르렀다.

하루는 영춘당에서 승상 부부를 모시고 잔치를 베풀고 있을 때, 홀연 저녁 까치가 날아와 세 번이나 숙향을 향하여 울고는 날아가 버렸다.

놀란 숙향은 마음속으로 불길하게 생각했다.

'까치는 계집의 넋이라더니, 집안의 많은 비복 가운데 하필이면 내 앞에서 울고 가니 길조가 아니다.'

장 승상도 까치의 방정맞은 짓을 불쾌히 느끼고 괴이하게 생각하였는데, 잔치를 마친 뒤에도 승상이 근심에 잠겨 있으므로 부인 또한 마음이 편치 않았다.

사향은 이날 숙향이 승상 부부를 위하여 영춘당에서 잔치를 베풀고 봄 경치를 구경한다는 소식을 듣고, 숙향을 해칠 좋은 기회로 이용해야겠다고 결심했다.

사향은 부인이 영춘당으로 가고 없는 틈을 타서 부인 침소에 들어가 감추어 둔 승상의 장도와 부인의 금비녀를 훔쳐 내다가, 숙향의 방에 숨겨 두었다.

그리고 이십여 일 후에 부인이 동네잔치에 가려고 금비녀를 찾으니 그것이 감쪽같이 보이지 않았다. 여러 곳을 샅샅이 찾았으나 나오지 않고, 그러는 동안에 승상의 장도까지 없어진 사실을 알게 되었다.

부인이 시녀들을 모두 불러 놓고 어찌된 일이냐고 힐문하자, 이때 사향이 나타나 짐짓 모른 척하고 여쭈었다.

"마님, 무슨 일로 댁내가 이렇게 소요하옵니까?"

"큰 변고가 났다. 조정에서 대감께 내려 주신 장도와 내 혼인

때 빙폐(聘幣, 경의를 표하여 드리는 예물)하신 금봉채(金鳳釵, 금으로 봉황을 새겨서 만든 비녀)가 없어졌다. 이 두 가지는 가중의 큰 보배인데, 이게 어찌 된 일이란 말이냐."

"저번에 숙향 낭자가 마님 침소로 가기에 수상히 여겼는데, 혹시 그때 가져갔는지 알아보옵소서."

사향이 충복처럼 고자질을 하니, 부인은 오히려 사향을 나무랐다.

"그럴 리가 있겠니? 숙향의 마음이 빙옥(氷玉)과 같거늘, 그것을 속이고 가져다가 무얼하겠느냐. 그런 의심은 말거라."

"마님 말씀처럼 전에는 숙향 낭자가 그러하였습니다. 그러나 요사이 구혼하는 기미도 있고 나이도 점점 차 가면서 자기 실속을 차리려고 그러는지, 저희들도 보기에 민망한 일이 많습니다. 마님이 하도 애지중지하시므로 감히 말씀드리지 못하였을 따름입니다. 좌우간 숙향 낭자의 방을 찾아보소서."

부인은 설마 하는 생각을 하면서도 숙향의 침소로 가서 조용한 말로 물어보았다.

"내 금봉채와 승상님의 장도를 잃었으니, 혹시 네 그릇에 있지나 않은가 찾아보아라."

깜짝 놀란 숙향은 의외의 부인 말을 원망스럽게 여기면서,

"소녀가 가져오지 않은 것이 어찌 제 방의 그릇에 있겠사옵

니까?"

하고 모든 세간을 부인 앞에 내놓고 뒤져 보았다.

그런데 성적함 가운데에 금봉채와 장도가 들어 있는 것이 아
닌가.

그때서야 숙향이 크게 놀라며 한마디 변명도 하지 못하자 부
인이 화를 냈다.

"네가 안 가져온 것이, 어찌 여기 들어 있느냐?"

이렇게 숙향을 책망한 다음 금봉채와 장도를 가지고 승상 앞
으로 가서 사실을 고했다.

"지금까지 우리는 숙향을 친딸같이 사랑하여 집안일을 모두
맡기고 혼인을 시켜서 후사를 보고자 하였더니, 역시 남의 자
식은 할 수 없어요. 나를 이렇게 속이다니, 어찌 분하지 않습니
까?"

"허어! 이런 것이 제게 소용도 없을 텐데 왜 가져갔을까?"

부인의 말에도 장 승상이 믿으려 하지 않자, 옆에 있던 사향
이 또다시 부추겼다.

"숙향 낭자가 요새는 전과 달라서, 글을 지어 남자에게 주는
가 하면 부정한 일도 많사오니 그 변심을 저도 모르겠습니다."

"에잇, 망측스럽구나. 그 애가 과연 나이가 차서 외인과 통간
하는 모양이구나. 이대로 집에 두었다가는 불측한 환이 있을지

모르니, 빨리 내보냄이 마땅하다."

이때 숙향이 자기 방에서 통곡하며 머리를 싸매고 누워 있자, 부인이 가서 조용히 타일렀다.

"우리 팔자가 기박하여 자식이 없었지만, 너를 얻은 후로 매사에 기특하여 친자식처럼 고이 길렀고, 장차 적당한 사람을 찾아 혼인을 시켜 우리 후사를 맡길까도 생각했다. 그런데 네가 상한의 자식인지, 행실이 그럴 줄은 꿈에도 몰랐다. 네가 이 집의 후사를 맡으면 황금이 수십만 냥이나 되니 생계에 지장이 없을 것이요, 또 장도와 금봉채가 갖고 싶다고 나에게 말하면 아끼지 않고 줄 내가 아니더냐. 그리고 비녀는 여자의 패물이니까 혹 욕심이 날지도 모르지만, 장도는 너한테 아무 소용도 없는 물건인데 왜 훔쳐다 두었느냐? 나는 너하고 깊은 정이 들어서 이번 일은 용서하지만, 승상께서 단단히 노하셨으니 어찌하겠느냐. 노염이 풀리실 때까지 너 입던 옷가지나 가지고 근처 마을 집에 가 있어라. 추후로 내가 승상께 조용히 말씀드려 도로 데려오도록 하마."

슬픈 마음을 진정하지 못한 부인의 볼에 눈물이 비 오듯이 흘렀다.

숙향이 자리에서 일어나서 공손히 재배하며 말했다.

"제 전생의 죄가 중하와 다섯 살 때에 부모를 잃고, 동서로 구결하여 밤이면 숲 속에서 자고, 배곯고 지낸 적이 어찌 한두 번이었겠습니까. 불쌍한 인생이 부모를 찾지 못하고 밤낮으로 울고 지낼 적에, 하늘이 살리시려고 사슴에 태워다가 이 댁 동산에 두고 간 인연으로 승상님 양위의 사랑을 받고 금의옥식(錦衣玉食, 호화롭고 사치스런 의식을 가리키는 말)으로 기르셨으니, 이 숙향은 몸이 죽더라도 그 은혜에 보답하여 제 힘껏 정성껏 섬기려 하였습니다. 하지만 천만뜻밖의 누명을 입은 것도 모두 제 팔자인데 누구를 원망하겠습니까. 금봉채와 장도는 소녀가 가져온 것이 결코 아니요, 귀신의 조화가 아니면 사람의 간교이오니 이제 발명하여 무엇하겠습니까. 마님 눈앞에서 죽사와 소녀의 백옥같이 청백한 마음을 표하고자 하옵니다."

억울한 말을 마친 숙향은 천지를 부르면서 통곡하다가 칼을 들어서 자결하려고 했다.

그런데 부인이 보기에 그러는 숙향의 기색이 조금도 어색하지 않았고, 억울함을 토해 놓은 사연의 말에도 진정이 담겨 있음을 깨닫게 되었다.

가만히 생각건대, 어떤 간사스러운 자가 총애를 받는 숙향을 시기한 나머지 한 모함이 아닌가 하는 의심이 들어 부인은 다시 숙향을 달래며 말했다.

"네 말이 당연하니, 내가 승상께 말씀드려서 좋도록 할 것이니 죽으려는 생각 따위는 버려라."

이때에 사향이 매우 조급한 태도로 와서 말했다.

"승상님의 명으로 마님께 전갈하옵니다. 숙향의 행실이 불측하기로 내쫓으라 하였는데, 뉘라서 내 명을 거역하고 지금까지 머물러 두었느냐고 어서 빨리 내쫓으라는 분부이옵니다."

부인도 하는 수 없이 눈물을 흘리며 숙향에게 말했다.

"숙향아! 승상의 노기가 풀리실 동안만, 문밖의 늙은 상노 집에 가서 기다려라. 내가 조용히 말씀해서 너를 데려오겠다."

그러나 숙향이 정중하게 사양했다.

"부인의 은혜는 백골난망이오니, 죽은 후에도 다 보답하지 못할 것이 원한이옵니다."

그러고는 칼을 들어서 또 죽으려고 하자, 부인이 황급히 숙향의 손을 꼭 잡고 울면서 말했다.

"너로 하여금 이렇게 괴롭게 한 것은 내가 경하게 말한 죄다. 내 마음을 살펴서, 죽느니 사느니 하는 것은 그만두어 다오."

부인이 애걸하다시피 달래자, 사향이 또 나서서 말했다.

"승상의 분부가 숙향이 사족의 자식 같으면 그런 행실을 할리가 없지만, 기생의 자식인 모양이니 일시가 바쁘게 쫓아내라 하셨습니다. 집에 두면 필경 큰 화를 볼 것이니 일시도 더 집에 두지 말라 하셨습니다."

부인은 더욱 당황해서 계집종 금향에게 숙향의 의복을 내주라 명하고서 눈물을 주르르 흘렸다. 그러자 숙향이 울면서 비로소 참았던 말을 했다.

"요전에 영춘당에서 저녁 까치가 제 앞에서 세 번이나 울더니 이런 억울한 일을 당했습니다. 이것은 하늘이 소녀를 죽이심이니, 어찌 천의를 거역하겠습니까. 다만 부모와 이별하올 적에 옥지환 한 짝을 주었으니, 그것이나 제 부모 본 듯이 가져가겠습니다. 의복은 갖다 무엇하겠습니까."

부인은 그 참혹한 모양을 차마 볼 수가 없어서, 승상한테로 가서 말했다.

"내가 이제야 생각이 났습니다. 금봉채와 장도는 내가 갖다가 숙향의 방에 두었던 것이었는데, 정신이 없어서 그것을 까맣게 잊고 있었던 것입니다. 이제 숙향에게 억울한 누명을 씌워서 쫓아내라 하시니, 숙향이 저도 모르는 일이라 변명할 길이 없어서 죽으려고 합니다. 세상에 이런 잔인한 일이 어디 있겠습니까. 승상은 내 잘못으로 생긴 이 일을 용서하시고, 다시 돌려 생각하소서."

"허허 당신도 노망했소. 당초에 그런 줄 알았으면, 가엾은 숙향에게 왜 억울한 누명을 씌워서 내쫓겠소. 사실이 그러하면 더욱 숙향이 애처로워 어찌할지 모르겠소."

하고, 잠시 후에는 도리어 부인을 위로해서 조용한 말로,

"내가 지난밤에 한 꿈을 꾸었소. 앵무새가 복사꽃 가지에 깃들였는데 한 중이 와서 도끼로 꽃가지를 베어 버리자 앵무새가 놀라서 달아났소. 이것이 무슨 징조인지 몰라서 오늘 종일토록 마음의 보배를 잃은 듯하여 매우 울적하니, 당신은 술상을 갖다 나를 위로해 주시오."

"그런 꿈을 꾸셨어요."

하고, 부인은 시녀를 시켜서 주찬을 차려다가 승상의 울적한 마음을 위로했다.

이리하여 승상과 부인이 숙향을 용서하고 다시 집에 두려는 눈치를 보이자, 사향이 곧 숙향의 방으로 달려가서 독촉하며 말했다.

"승상께서 너를 그대로 두려는 마님을 대책하시고, 나더러 시급히 너를 내보내라 하시니 어서 나가거라."

"부인께 하직 인사나 여쭈고 가겠다."

숙향이 울면서 말하자, 사향이 큰 소리로 꾸짖었다.

"흠, 염치도 좋구나. 좋은 의식에 싸여 있으면서 그런 배은망덕의 몹쓸 짓을 하고도, 지금 또 무슨 면목으로 마님께 하직 인사를 드리겠다는 거냐. 마님 역시 승상님 꾸중을 들으시고 너에게 노해 계시니 다시는 너를 보려 하지도 않으실 거다. 어서 빨

리 이 댁에서 나가거라."

하고 숙향의 손목을 잡아 끌어냈다.

숙향은 부인에게 하직 인사도 못하고 쫓겨 가는 것이 더욱 망
극해서, 사향의 손을 뿌리치고 자기 방으로 들어갔다. 그러고는
손가락을 깨물어서 하직 인사의 사연을 혈서로 쓴 다음 눈물을
흘렸다.

사향의 성화같은 재촉이 발이 땅에 붙지 못하도록 몰아쳐서
천지가 망망하여 동서를 분별할 겨를조차 없을 지경이었다.

어디로 가야 좋을지 방향을 모르고 어리둥절해하자 사향이
또 표독스럽게,

"승상께서 네가 이 댁 근처에도 있지 못하게 하라신다. 썩 먼
곳으로 가서 그림자도 다시는 보이지 않도록 해라."

하고 등을 왈칵 밀어서 대문 밖으로 밀어내고 등 뒤에서 대문을
덜커덕 닫아 버렸다.

숙향은 눈앞이 캄캄해서 다만 부모를 부르며 정처 없이 걸음
을 옮기면서, 정든 승상의 집을 자주 돌아다보며 그 마을을 떠
나갔다.

*

얼마쯤 가자, 큰물이 앞을 막고 있었다.

'마침 잘 되었다. 이 강물에 빠져 죽자.'

숙향은 강가에 서서 하늘을 향해 재배한 다음,

"박명한 이 숙향은 전생의 죄가 중해서, 오 세 때 부모를 잃고 낮이면 거리로 방황하다가 밤이면 숲 속에 의지하여 자는 처지였습니다. 외로운 단신이 의탁할 곳 없어서 눈물로 지내는 중에, 천행으로 장 승상 댁에 의탁하여 태산 같은 은혜를 입고 일신이 안전하고 편했습니다. 하지만 참혹한 누명을 쓰고 축화(逐禍)을 입었으니, 차마 이 이상 더 살 수가 없습니다. 그리하여 부모의 얼굴을 다시 보지 못한 슬픔을 머금고 물에 이 몸을 던지니, 천지신명은 이 불행한 숙향의 누명을 벗겨 주십시오."

하고 슬피 우니, 그 광경을 왕래하는 행인들이 보고 눈물 흘리지 않는 사람이 없었다.

숙향은 한 손으로 치마를 추켜잡고, 또 한 손으로 옥지환을 쥐고서 강물에 뛰어들었다.

그런데 수세(水勢)가 급한 데다가 풍랑이 일어서 행인이 구하려 했지만 구하지 못하고, 물에 빠져 부침(浮沈, 물위에 떠오름과 물속에 잠김)하면서 떠내려가는 것을 탄식할 뿐이었다.

숙향이 물속에서 허우적거릴 때, 문득 물 가운데서 매판만 한 무엇이 나타났다. 숙향이 그 위에 기어오르자 편하기가 마치 육지와 같았다.

이윽고 오색의 그름이 일어나는 곳에서 양의 머리를 가진 소녀들이 옥피리를 불면서 연엽주(蓮葉舟)를 저어 와서 말했다.

"용녀(龍女)는 어서 그 낭자를 모시고 빨리 배에 오르시오."

그러자 매판이 고운 여자로 변하더니 숙향을 안고서 배에 올랐다.

그러자 소녀들이 숙향에게 절을 하며 말했다.

"낭자께서는 그 귀중한 천금지신을 가볍게 버리려고 하십니까? 우리는 낭자를 구하라는 항아(姮娥)의 명을 받고 이리로 오던 도중에, 옥화수의 소녀들이 술래놀이 하자면서 잡고 놓지 않아서 진작 오지 못했습니다. 진실로 용녀가 아니었으면 구하지 못하여, 항아의 명을 어길 뻔했습니다."

하고 또 용녀에게 사례하여 말하기를,

"용녀는 어디서 와서 이렇게 낭자를 구하였는가?"

"네, 그 전에 사해 용왕이 우리 수궁에 와서 잔치할 때에 내가 사랑하는 시녀가 옥그릇을 깨었으나 벌을 받을까 두려워서 고하지 못했습니다. 그런데 그것이 마침내 발각되어 부왕이 매우 놀라셔서 저를 반하물로 내쫓았는데, 그때 어망에 싸여서 어부에게 잡혔던 일이 있습니다. 천행으로 김 상서를 만나서 구함을 얻고 그 은혜를 갚을까 하였으나, 수부(水府)와 인간이 달라 뜻을 이루지 못했습니다. 그러고 있던 차, 이제 부왕이 옥황상제께 조회(朝會)를 하시고 옥황상제의 말씀을 들었습니다. 월궁소아가 천상의 죄를 얻고 인간 김 상서의 딸이 되었으나, 반야산의 도적에게 죽을 액을 겪고, 화재도 만나고, 이후 낙양 옥중에서 사형을 지낸 다음에야 귀하게 되실 거라면서, 그 월궁소아를 죽지 않게 하라고 물신령에게 분부하셨습니다. 그래서 제가 김 상서의 은혜를 갚고자 그 따님인 월궁소아를 구하고자 자원해 왔습니다. 이제 선녀들과 함께 안전한 배에 계시게 되었으니 저는 안심하고 갑니다."

하고 숙향에게 하직 인사를 하고 물속으로 돌아가려고 했다.

하지만 아무것도 모르는 숙향은 자신을 구해 주고 가려는 여인에게 물었다.

"당신은 물위를 마치 평지같이 다니시는데, 누구신지요?"

"저는 동해 용왕의 셋째 딸로서 이 표진강 용왕의 아내이온데, 예전에 당신의 부친께서 저를 구해 주신 은혜를 갚으러 왔다가 가옵니다."

"아, 그렇습니까. 나는 어려서 부모를 여의고 고아가 되어서 의탁할 곳이 없어 남의 집의 시녀가 되었는데, 억울한 누명을 쓰고 분해서 이 물에 빠져 죽으려 했습니다. 그런데 이렇게 구해 주시니 고맙습니다."

그러자 용궁의 여인이 상냥한 미소를 지으며,

"당신은 인간의 화식(火食)을 먹어서 우리를 잘 모르시는군요."

하고, 옆에 찼던 호로병을 기울여서 차를 따라서 권하여 주면서 말했다.

"이 차를 마시게 되면 아시게 되오리다."

숙향이 그 차를 받아서 마시니, 정신이 상쾌해져서 천상의 옛 기억이 역력해졌다.

자기가 분명히 월궁소아로서 옥황상제를 모시고 있다가, 사랑하는 태을진군과 글을 지어 창화(唱和, 한쪽에서 부르고 한쪽에서 대답함)하고, 월영단을 훔쳐서 태을진군에게 준 죄로 인간 세계로 귀양 갔던 기억이 역력히 났다. 그리고 연엽주를 저어서 자기를 구하려고 달려온 선녀 같은 두 소녀는 월궁에서 자기가 부리던 시녀인 줄을 알게 되자, 서로 붙들고 대성통곡했다.

소녀들은 숙향을 위로했으나, 숙향은 그전의 하늘에서 시녀로 부리던 선녀들을 선녀로 대접하며 공손하게 말했다.

"우리 부모는 봉래산의 선관 선녀로서 옥황상제께 득죄하고 인간으로 내려와 딸을 잃고서 간장을 녹이는 고통으로 천상의 죄를 속죄하도록 하신 것이나, 딸 된 나로서 어찌 한이 되지 않겠습니까. 장 승상 집에는 십 년간의 연분이 있었으나, 더 있지 못하고 쫓겨 나왔습니다."

"그 집의 사향이란 계집종은 당신을 모해하여 누명을 씌운 죄로, 항아께서 옥황상제께 고하여 이미 벼락을 쳐서 죽였습니다. 그리고 장 승상 부부도 당신의 억울한 누명을 잘 알게 되었습니다. 그래서 당신의 뒤를 찾아 강가에까지 와서 찾다가 그냥 돌아갔으니, 이제 당신은 액운을 세 번 지낸 셈입니다. 앞으로도 두 번의 액운이 남아 있으니 조심하소서."

"아직도 무슨 액이 있다는 말씀이오?"

숙향이 깜짝 놀라서 물었다.

"노전(盧田)에 가서 화재를 보시고, 낙양 옥중에서 부친께서 죽을 액을 겪으시고, 그 뒤에 마침내 태을진군을 만나서 부귀영화를 누리실 것입니다."

"아아, 나는 이미 지낸 액도 천지망극한데, 앞으로도 두 번이나 액이 있다 하니, 어찌 살기를 바라겠소. 장 승상 부인이 나를 다시 생각하시리니 다시 그 댁으로 가서 액을 면할까 하오."

"액운은 이미 하늘이 정하신 바니, 장 승상 집으로 가서도 면하지 못할 것입니다. 태을을 만나지 못하면 승상 부인의 힘으로는 부모님 만나기가 아득합니다. 그러나 태을이 계신 곳이 삼천여 리나 되는 먼 길입니다."

"태을은 누구이며, 이승 인간의 이름은 무어라 하는지요?"

"항아님 말씀을 듣자니, 태을이 낙양 북촌리의 위공의 자제가
되어 일생 부귀를 누리게 되었다 하옵니다."

숙향은 그 말을 듣고 탄식하며 눈물을 비 오듯 흘렸다.

'월궁에서 서로 같은 죄를 지었는데, 그는 어찌 부귀가 극진
하고, 나는 어찌 이토록 고생을 겪어야 하나. 더구나 그 태을이
있는 곳이 여기서 삼천 리라 하니, 그를 만나지 못하면 누구를
의지하며 그리운 부모를 언제나 만나 뵈올까……'

그러자 선녀가 위로하여 말했다.

"그것은 근심 마십시오. 육로로 가면 일 년을 가도 못 가지만,
이 연엽주를 타시면 순식간에 득달할 것입니다. 또 천태산 마고
선녀가 당신을 위해서 인간으로 내려와 기다린 지 오래이므로,
의탁할 곳이 자연 있으니 염려 마십시오."

그리고 배를 순풍에 놓으니, 빠르기가 살과 같았다.

이윽고 어떤 곳에 배가 머무르고, 선녀들이 숙향에게,

"뱃길은 다 왔으니, 여기서 내려서 저쪽 길로 가십시오. 그러
면 자연 구할 사람이 있을 것이옵니다."

하고, 동정귤 같은 과실을 주면서 시장할 때에 먹으면 요기가
된다고 말하며 이별을 슬퍼했다.

숙향이 배에서 내려 보니, 선녀들은 배와 함께 온데간데없이 홀연히 자취를 감추고 보이지 않았다. 숙향은 신기하게 느끼면서 공중을 향하여 사례한 뒤, 선녀들이 가리킨 길을 향하여 걸었다.

이윽고 배가 고파서 과실을 먹으니 배는 부르나, 배 위에서 기억되던 천상의 이력은 아득히 잊혀지고 인간으로서 고생한 일만 떠올랐다.

숙향은 스스로 생각하되,

'내 몸이 이만큼 장성한 여자라, 새 옷을 입고 큰길로 가다가는 욕을 볼지 모르겠다.'

하고, 촌가에 들러서 고운 비단옷을 헌옷과 바꾸어 입었다. 그리고 얼굴에는 재와 흙을 바르고, 한 눈이 멀고 한 다리는 저는 병신 거지 시늉으로 길을 걸어갔다.

길가에서 그런 숙향의 꼴을 보는 사람마다,

"젊은 여자가 불쌍하게도 병신이구나."

하며 동정을 했지만 희롱하려고 들지는 않았다.

한편, 이때 장 승상이 취기가 거나해서 말했다.

"내 불찰로 숙향에게 애매한 누명을 씌워서 내보냈으니 얼마나 슬퍼하겠소. 어서 불러 오도록 하시오."

승상의 말에 부인이 크게 기뻐하며 시녀들에게 숙향을 불러

오라고 명했다.

사향이 승상 부부의 눈치를 알아채고 황급히 들어오면서 수선을 피우더니, 손뼉을 치면서 떠들었다.

"우리는 그런 줄 몰랐더니, 그럴 데가 어디 있어요."

부인이 깜짝 놀라서 사향에게 말했다.

"넌 무슨 일로 그렇게 경망스러우냐."

"저희들은 숙향 낭자를 양반집 출생으로 속았으나, 알고 보니 비천한 장사치 딸이었습니다. 아까 마님께서 승상 어른 계신 곳으로 가신 사이에 제 방에 들어가서 무엇인지 싸 가지고 줄달음질로 도망쳐 가기에, 저는 그 가져가는 물건이 무엇인지 알기 위해서 따라갔습니다. 하지만 어찌나 빨리 달아나는지 잡지 못했습니다. 그래서 제가 아무리 죄진 몸으로 도망치기 바쁘더라도, 은혜 입은 마님께 하직 인사라도 여쭈고 가는 것이 도리가 아니냐고 물었더니, 글쎄 그년 보십시오. 함부로 종알거리는 말투가, '마님이 저를 구박해서 내쫓는데 무슨 정이 있어서 하직 인사를 하느냐.'고 발악을 하지 않겠어요. 그러고는 어떤 행인 남자를 따라가면서 온갖 욕과 비방을 하였습니다."

부인이 사향의 말을 듣고 크게 놀라면서 말했다.

"그 애한데 직접 물어볼 일이 있으니, 어서 빨리 불러오도록 하라."

사향은 하는 수 없이 대답하고 밖으로 찾는 체하고 나가서는, 마을 집에 가서 앉아 있다가 시간을 보내고 돌아와서 천연스럽게 거짓말로 말했다.

"벌써 멀리까지 간 것을 제가 죽자 하고 쫓아가서 마님 말씀을 드리고 데려오려고 하였으나, 숙향이 입을 삐죽이면서, '내 얼굴과 재주로 어딜 간들 그만 의식을 못 얻겠느냐.'고 코웃음을 치면서, 악소년들과 정답게 손을 잡고 잡스러운 희롱을 하면서 가 버렸사옵니다. 저는 비록 천한 몸이오나 아직까지, 그런 행실은 보도 듣도 못했습니다."

하고, 분해서 어쩔 줄 모르는 체했다.

이때 대문 밖에서 누비옷 입은 중이 곧장 내당으로 들어왔다. 얼른 보아도 태도가 비상하여 보통 산승이 아닌 듯했다.

승상이 부인을 옆방으로 보내고 몸을 일으켜서 중을 맞이하며 당상으로 오르게 했다.

"선사는 어디서 오셨습니까?"

"소승은 옥황상제의 명을 받고 승상에게 옥석을 가리려고 왔소이다."

승상이 아직 대답도 하기 전에, 사향이 쪼르르 달려 나와서 말했다.

"숙향은 본디 빌어먹는 걸인이었는데, 승상과 부인께서 불쌍히 여기시고 댁에 두고 금의옥식으로 길렀습니다. 하오나 행실이 불측스러워 귀중한 보배를 훔쳐서 감추었다가 드러났습니다. 그뿐 아니라 그런 죄로 댁에서 쫓겨 나갈 때도 이 댁의 은공을 모르고 도리어 악담을 한 년인데, 임자는 어찌하여 숙향의 부축을 들며 감히 재상댁 내당에 들어와 숙향을 위해 무슨 시비를 따지겠다는 겁니까? 대감님, 이 중놈을 노복에게 잡아내다가 쳐 죽이도록 하십시오."

그러자 중이 허허 웃으며 말했다.

"승상 내외분은 속일 수 있으나, 하늘조차 속일쏘냐! 네가 승상댁 가사 맡아 볼 적에 온갖 것을 도적질해서 네 집 재산을 만들다가, 숙향 때문에 그 일을 계속 못하자 그를 미워하지 않았느냐. 그리하여 승상 내외분이 삼월 삼일에 영춘당에서 잔치하는 사이에, 네가 부인 침소에 들어가 금봉채와 장도를 훔쳐다가 숙향의 방에 숨겨 두고, 숙향이 도둑질한 것처럼 꾸미지 않았느냐. 그런 간계로 숙향을 부인께 모함하여 승상 내외분을 속이고 허무한 말로 이간 중상하여 마침내 숙향을 내쫓지 않았느냐. 그후에 부인께서 숙향의 억울함을 동정하여 숙향을 불러오라 하시니, 너는 그러는 체하고 마을 집에 가서 앉았다가 돌아와서 또 맹랑한 말로 승상과 부인을 속이지 않았느냐. 처음부터 끝까지 네 간악을 감추고 누명을 숙향에게 씌웠으나 승상과 부인께서는 네 간악을 깨닫지 못하셨다. 하지만 하늘이야 어찌 속이겠느냐."

그러고는 소매에서 작고 붉은 물건을 꺼내서 공중으로 던지니 즉시로 뇌성벽력이 진동하며, 갑자기 큰 비가 쏟아지며 천지가 암담해졌다. 그러자 온 집안이 황황망조하여 어쩔 줄을 모르게 되었다.

노승이 뜰에 내려와서 하늘에 무어라고 하매, 이윽고 공중에서 집동 같은 불덩어리가 내려와서 사향을 내리쳤다. 이 통에 온 집안사람들이 기절하였는데, 한참 만에 가장 먼저 정신을 차린 부인이 울면서 말했다.

"사향은 제 죄로 천벌을 받았거니와, 숙향은 어디로 가서 누구에게 의지하고 있는가? 불쌍하다. 무죄한 숙향은 필연 낯선 곳을 헤매고 다니면서 나를 생각할 거다. 내가 소홀히 생각하고 또 사향의 간악한 말을 곧이듣고서 숙향을 내쫓았으니 모두 내 불찰이다."

그러고는 부인이 숙향의 방으로 들어가서 본즉, 고요한 방 안에 오직 숙향의 혈서 한 장만 남아 있었다.

'숙향은 오 세 때에 부모를 잃고 동서로 유리하다가 장 승상 댁에 십 년을 의탁하니 그 은혜 하해(河海) 같도다. 일조에 악

명을 얻으니 차마 세상에 있지 못할 터이라. 유유창천 한없이
멀고 푸른 하늘이여, 나를 가엾이 여겨서 누명을 벗기소서.'

이렇게 피로 써 있었다.
'숙향은 필경 죽었구나.'
부인은 더욱 탄식하면서, 승상에게 가서 말했다.
"숙향은 사향의 모함으로 죽었을 것이니, 그런 잔인할 데가
없사옵니다."
"당신은 어찌 숙향이 꼭 죽었으리라고 단정하오?"
승상도 뉘우치면서 부인을 위로하려고 하였으나, 부인이 그
증거로서 숙향의 혈서를 내보이자 승상도 측은히 여겨 마지않
았다.
때마침 승상의 당질(堂姪) 되는 장원이 왔다가 이 말을 듣고
서 말했다.
"어제 표진강 가에서 멀리 보았는데 그 소녀가 숙향이었던
모양입니다."
그 말을 듣고, 장 승상은 곧 노복을 보내어 찾게 하였다.
그러나 숙향의 종적은 묘연했고, 그곳 사람들의 말이 벌써 죽
었다고 하므로 그냥 돌아와서 그대로 고했다.
부인이 더욱 슬퍼서 실성통곡하며 숙향의 그 화월(花月) 같은

얼굴과 미옥(美玉) 같은 음성을 잊지 못하여 음식을 전폐하고 주야로 슬퍼하자, 승상은 근심한 나머지 숙향의 화상을 그려서 부인을 위로하려고 유명한 화가를 청해 오라고 했다.

이 말을 들은 장원이,

"숙향이 열 살 때에 저를 업고서 수정(水亭)에 가서 구경할 때 장사(長沙) 땅에 있는 조적이라는 화가가, 자기가 경국지색(傾國之色)을 많이 보았으나 이 처자 같은 미인은 보지 못하였다면서 숙향의 얼굴을 그려 갔사옵니다. 그러하오니 그 사람에게 그 그림을 구하면 어떠할는지요?"

"그럼 네가 그에게 가서 구해 오너라."

승상이 장원을 조적에게 보냈으나, 그는 벌써 그 화상을 다른 사람에게 팔았다고 대답했다. 장원이 돌아와서 승상에게 그대로 고하자, 승상은 곧 황금 백 냥을 주면서 그 그림을 물러 오라고 조적에게 당부했다.

그림이 오자, 승상 부부는 숙향을 만난 듯 반갑고 슬퍼서 눈물을 흘려 마지않았다. 그러고는 침실에 장식한 후 조석으로 밥상을 차려 놓고 혼백을 위로해 주었다.

*

한편 숙향은 절름발이 걸음으로 걸어서 한 곳에 이르렀다. 그런데 하늘에 닿을 듯이 높은 갈대가 무성한 갈대밭이 앞을 막고 있었다. 마침 날이 저물어서 갈대숲에 의지하여 자는 둥 마는 둥하고 있었다.

그런데 어느덧 밤중이 되자 큰 폭풍이 불더니 난데없는 불길이 솟는 것이 아닌가. 숙향은 어쩔 바를 몰라 하면서 하늘을 우러러 재배하며 기도를 했다.

"제 전생의 죄가 중하와 이승에 인간으로 태어났는데, 어려서 부모와 헤어진 후 천만 가지 고초를 겪었습니다. 부모의 얼굴이나 다시 한 번 보려고 구차한 목숨을 부지했지만, 이 땅에까지 와서 화재로 죽게 되었습니다. 명천은 살피사, 부모의 얼굴이나 한 번 보고 죽게 하여 주십시오."

이렇게 정성껏 기도하자, 홀연히 한 노인이 지팡이를 짚고 나타났다.

"너는 어떤 소녀인데 이 밤중에 참화를 만나서 고생하느냐?"

"저는 난중에 부모를 잃고 의탁할 곳이 없어서 동서로 유랑하다가, 길을 잘못 들어 이 땅에 와서 재화를 만나 죽게 되었습니다. 노인장께서 저를 구해 주시옵소서."

"그렇지 않아도 너를 구하려고 내가 온 것이다. 그러나 화세가 급하니, 입은 옷을 벗어서 이곳에 놓고 몸만 등에 업혀라."

숙향이 노인의 말대로 입었던 옷을 다 벗고서 노인의 등에 업혔으나, 불길이 벌써 등에 닿으며 화끈거렸다.

순간, 노인이 소매 속에서 부채를 꺼내 부치니 불길이 더 이상 가까이 번져 오지 않았다.

그리하여 화재를 면한 숙향은 노인의 은혜를 잊지 않겠다고 사례하려고 물었다.

"필시 신선이신 노인장께서는 어디 계시오며, 존함은 누구라 하시옵니까?"

"내 집은 남천문 밖이고, 부르기는 화덕진군이라 하니라. 하지만 네가 어찌 사천 삼백 리나 되는 나 있는 고장을 지나가겠느냐?"

하고, 홀연히 사라져 버렸다.

숙향이 공중을 향하여 사례했으나, 젊은 여자로서 발가벗은 알몸으로 길을 갈 수가 없었기에 울고 있을 수밖에 없었다.

그때 한 노파가 광주리를 옆에 끼고 지나가다가, 숙향의 옆에 앉으며 물었다.

"너는 어떤 처녀인데 해괴한 꼴로 길가에 앉아 있느냐? 너 어디서 큰 죄를 짓고 이 꼴로 내쫓긴 것은 아니냐? 남의 재물을 도적질하다가 내쫓겼느냐? 불한당을 맞아 옷을 약탈당하였느냐?"

"저는 본디부터 부모가 없는 고아라, 부모에게도 내쫓긴 일은 없으나 자연 곤궁해서 이 꼴이 되어 오도 가도 못 하고 앉아 있습니다."

"본디부터 부모가 없으면 세상 사람이 모두 네 부모로구나. 네 부모가 반야산에서 너를 버리고 갔는데, 내쫓긴 거나 무엇이 다르랴. 장 승상 집에서 계집애 종과 금봉채 연고로 그 집을 나왔으니, 쫓겨난 것과 무엇이 다르냐?"

하고, 무수히 조롱했다.

숙향은 자기의 과거사를 자세히 아는 노파에게 물었다.

"할머니는 어떻게 내 과거를 그리 자세히 알고 있나요?"

"남들이 말하기로 듣고 알았으니, 신경 쓸 거 없다. 그런데 너는 지금부터 어디로 갈 생각이냐?"

"갈 곳이 없어 방황하고 있습니다."

"나는 자식 없는 과부니, 나하고 같이 가서 살지 않겠니?"

하고, 노파는 숙향의 마음을 떠보았다.

숙향은 반갑기도 하고 또 한편으로는 불안도 해서 울며 간청했다.

"할머니가 끝까지 저를 버리지 않으시면 따라가오리다. 그러나 제가 벗은 몸이요, 또 배가 고파 민망하옵니다."

그러자 노파가 광주리에서 삶은 나물 한 뭉치를 내주면서 먹으라 하기에 숙향이 그것을 받아먹었는데, 이상한 향내가 나며 배가 부르더니 정신이 상쾌해졌다.

노파가 웃으면서 자기 옷 한 가지를 벗어 입힌 다음 어서 같이 가자고 재촉하기에, 숙향은 노파를 따라서 두어 고개를 넘어갔다.

마을이 정결하고 집집마다 부유하게 사는 고장이었다. 노파는 그 마을에서 제일 작은 집으로 들어갔다. 집은 작으나 매우 정결하고 아담했다.

숙향이 이 집에 온 지 반달이 되도록 종시 병자인 체하고 있었더니, 하루는 노파가 타일렀다.

"너를 보니 정말로 병든 사람 같지 않으니, 나를 속일 생각은 마라."

숙향은 웃기만 하고 대답을 하지 않았다.

"내 집은 본디 술집이라 마을 사람들이 자주 출입하는데, 네가 그렇게 더럽게 하고 있으면 안 되겠으니 얼굴이나 씻어라."

숙향이 오래 있어 보았으나, 이 술집이라는 집에 출입하는 남자는 없고 여자들만 들락거렸다.

숙향이 얼굴 단장을 한 다음 의복을 갈아입고 수를 놓고 있을 때, 외출했던 노파가 돌아와서 다시 고와진 숙향을 보고 퍽 기뻐하며 말했다.

"어여쁜 내 딸아. 전생에 무슨 죄로 광한전을 이별하고 인간에 내려와서 그처럼 고생을 겪느냐?"

"할머니가 나를 친자식처럼 여기시니, 어찌 숨길 수 있습니까. 난중에 부모를 잃고 의탁할 데가 없었는데, 사슴이 업어다가 장 승상 댁 뒷동산에 두고 갔습니다. 그 댁이 무자하여 나를 친딸같이 길러 주셨는데, 종계집 사향이란 애가 나를 모해하여 승상 내외께 참소되어 내쫓겼습니다. 그 누명을 씻지 못하여 표진강 물에 빠져 죽으려 했더니, 그때 연꽃 놀이하던 소녀들의 구함을 받았습니다. 처녀의 단행이 두려워서 거짓 병신 꼴을 하고 정처 없이 가는 중에 화재를 만났으나 요행히 화덕진군의 구원을 받았으며, 그 직후에 할머니를 만나서 나를 친딸같이 사랑하여 주시니, 나도 친어머니처럼 아옵니다."

이 말을 듣고, 노파가 새삼스럽게 절을 하며 말했다.

"낭자의 마음이 진정 그런가?"

그러고는 그 후로 더욱 사랑해 주셨다.

숙향은 본디 총명하여 배우지 않아도 매사에 모르는 것이 없었으며, 수만 놓아서 팔아도 생계가 족하였으므로 노파가 더욱 소중히 여겼다.

어느덧 이 집에 온 뒤로 해가 바뀌어서 춘삼월 보름날이 되었다. 그날 노파는 술을 팔러 나가고 숙향은 홀로 집에서 수를 놓고 있었는데, 파랑새가 날아와서 매화가지에 앉아 슬피 울었다.

숙향이 심란하여 혼자 탄식했다.

"새도 나처럼 부모를 잃고 우는가."

그러고는 창가에서 잠이 들었는데, 문득 그 파랑새가 숙향에게 이렇게 속삭였다.

"낭자의 부모가 모두 저기 계시니 나를 따라가시죠."

반가워서 잠을 깬 숙향은 파랑새를 따라 한 곳에 이르렀다.

연못가 백사장에 구슬로 대를 쌓고 산호로 기둥을 세운 집이 있었다. 호박(琥珀) 주추를 비롯한 집의 모든 장치의 빛이 찬란하여 눈이 부셔서 똑바로 보지 못할 지경이었다.

숙향이 그 좋은 집을 우러러보니, 전각 위에 황금의 큰 글자로 요지(瑤池, 중국 곤륜산에 있다는 못. 선인이 살았다고 함) 보배라 씌어져 있었다. 하도 집이 엄숙하여, 숙향은 감히 들어가지 못하고 문 밖에 서 있었다.

그때 층층대에서 오색구름이 일어나고 향기가 진동하더니, 무수한 선관과 선녀들이 혹은 학을 타고 혹은 봉황을 타고 쌍쌍이 집안으로 들어갔다. 그리고 이어서 채운이 일어나더니 대룡이 황금수레를 끌고 갔다. 이것은 옥황상제의 연(輦, 임금이 타는

가마의 하나)이었다. 그 뒤에는 석가여래가 오신다고 하며 오백 나한이 차례로 시위하여 오는데, 각종 풍악과 향내가 진동했다.

여러 행차가 지났으나, 숙향을 본 체하는 이는 아무도 없었다. 이윽고 한 덩이 구름이 일어나더니 백옥교자에 한 선녀가 연꽃을 들고 단정히 앉아 있었다. 이것은 월궁항아의 행차였는데, 수레 위의 항아가 숙향을 알아보고 말했다.

"소아야, 너를 여기서 보니 반갑구나. 인간 고생이 어떠하더냐? 어서 나를 따라 들어가서 요지를 구경하고 가거라."

숙향은 파랑새를 앞세우고 항아를 따라 들어가니, 그 집의 형용이 찬란한 것은 이루 말로 다 설명할 수가 없을 정도였다. 그런 중에 팔진경장과 육각난 곳에 한 보살이 젊은 선관을 뒤에 거느리고 들어와서 옥황상제께 인사를 드렸다.

그러자 옥황상제가 그 선관에게 물으셨다.

"태을아, 어디 가 있었느냐? 반갑다. 그래 인간 생활이 재미있더냐?"

그 다음에 항아의 인도로 소아를 만나 보신 옥황상제께 항아가 아뢰었다.

"이 소아는 이미 죽을 액을 네 번 지냈으니 그만 천상의 죄를 용서하시고, 석가여래에게 수한(壽限)을 점지하시되 칠십을 점지하옵소서."

"칠성(七星)에 명하여 자손을 점지하되 이 자 일 녀를 점지하라."

옥황상제가 분부하자, 이어서 남두성에 명하여 복록을 점지하였다. 그러자 남두성이 옥황상제께 여쭈었다.

"아들은 정승하고, 딸은 황후가 되게 하나이다."

다음에 옥황상제는 소아에게 반도(蟠桃, 선도의 한 가지로 삼천 년 만에 한 번씩 열매가 연다고 함) 두 개와 계화(桂花) 한 가지를 주셨다.

숙향이 옥쟁반 위의 반도와 계화를 받아들고 내려와서 태을에게 주자, 태을 선관이 땅에 엎드려서 두 손으로 받아들고 숙향을 바라보았다.

숙향이 당황해서 몸을 두루 가누는 바람에 손에 낀 옥지환에 박은 진주알이 빠져서 떨어지니, 태을이 몸을 굽혀서 그 진주를 주워 손에 쥐었다.

숙향이 부끄러워서 어쩔 줄 모르는데, 술을 팔고 집으로 돌아온 노파가 흔들어 깨웠다.

"숙향 낭자, 무슨 잠을 이토록 자고 있나요?"

그 소리에 숙향이 꿈을 깨었으나, 오지의 풍류 소리가 아직도 귀에 쟁쟁히 남아 있었다.

"숙향 낭자, 꿈에 본 천상의 광경이 어떠하던가요?"

"내가 천상의 꿈을 꾸었다는 걸 어떻게 알았어요?"

숙향이 깜짝 놀라서 물었다.

"파랑새가 낭자를 인도해 갈 적에 나에게 알려 주어서, 이미 알고 있었지요."

숙향이 이상히 여기면서 꿈 이야기를 자세하게 했다.

"그런 광경을 보고 그냥 지내면 잊어버리기 쉬우니, 낭자의 재주로 수를 놓아서 그 찬란한 광경을 기록해 두면 어떨까요?"

숙향이 좋은 생각이라며, 곧 수를 놓기 시작했다.

이윽고 작품이 완성되자, 노파의 칭찬이 대단했다.

"어쩌면 이렇게도 재주가 놀라울까?"

그리고 훗날에 장에 가서 팔면 큰 돈이 될 거라고 기뻐했다.

그러나 숙향은 의아히 여기면서 말했다.

"이 경치는 천금으로도 싸고, 이 공력은 백금으로도 싸지만, 이 진가를 누가 능히 알아볼는지요."

그리고 그 후에 장에 가서 팔려고 했지만, 과연 아무도 사려고 하지 않았다. 노파가 팔기를 단념하고 물건을 정리하고 있는데, 그림을 그리는 조적이 그 진가를 알아보고 물었다.

"이 수를 누가 놓았느뇨?"

"우리 집 어린 딸이 놓았습니다."

노파가 숙향을 자기 딸이라고 대답했다.

조적은 이어서 묻기를,

"할머니는 어디 살며 누구신가요?"

"나는 낙양 동촌리 화정 술집의 할미인데, 이 수는 딸이 놓은 진품이라 만금도 쌉니다."

조적은 흥정 끝에 오백 냥을 주고 사 갔다.

노파가 그 돈을 받아 가지고 집에 돌아와서 숙향에게 수 판 이야기를 하자, 숙향이 감동하며 말했다.

"인간에도 하늘 경치를 알아보는 사람이 있군요."

*

조적은 큰 돈을 주고 수를 샀으나 제목이 없으므로, 명필에게 제목 글씨를 받아서 천하 보물을 삼으려고 두루 수소문했다.

그러던 차에 북촌리의 이 위공의 아들이 글과 글씨로 이태백과 왕희지를 무색케 한다는 말을 듣고 그를 찾아갔다.

병부 상서 이 위공은 젊어서부터 문무겸전(文武兼全, 문식(文識)과 무략(武略)을 다 갖추고 있음)하여 명망이 사해에 떨쳤다. 황제가 칭찬하여 위공으로 봉하고 국사를 맡기려 할 적에, 그는 후래의 화가 두려워서 거짓 병들었다 하고 사양한 후 고향으로 돌아갔다. 그러나 황제는 그의 충성과 재주를 아껴 마지않았다.

위공은 고향으로 돌아와서 농업에 힘써서 가세가 넉넉하나 다만 슬하에 혈육이 없어서 슬퍼하며 지냈다.

그러던 어느 해 칠월 보름날 밤에 부인과 더불어 완월루(玩月樓)에 나가 달구경을 했다.

"내 공과 부귀가 조정에 으뜸이로되, 자녀가 없어서 후사를 의탁할 곳이 없으니, 조상의 제사를 누가 받들겠소. 타문의 숙녀를 취하여 자식을 볼까 하니 당신은 서운히 여기지 마시오."

이 위공이 자기 부인의 양해를 구하니, 부인은 그 말을 듣고 긴 한숨을 쉬며 탄식했다.

"제가 박복하여 무자하니, 여러 부인을 맞으시더라도 어찌 불평을 하오리까."

그런 일이 있은 후에 부인은 부친인 왕 승상의 친정으로 가서, 그런 사연을 자세히 고했다.

왕 승상이 말했다.

"무자한 죄는 죄 중에서 가장 큰 죄다. 내가 들으니 대성사 부처가 영검이 장하다 하니, 네가 가서 정성껏 빌어 보라."

왕 승상의 말을 기쁘게 들은 왕 씨는 길한 날을 택하여 목욕 재계하고 친히 절에 가서 불전에 정성으로 빌었다. 그랬더니 그 날 밤 꿈에 한 부처가 일렀다.

"전생에 죄 없는 사람을 많이 살해하였기에 이승에서 무자하게 정해져 있었으나, 그대의 정성이 지극하매 귀자를 점지하니 빨리 집으로 돌아가라."

그 말을 듣고 왕 부인이 집으로 돌아오매 이 위공이 의아히 여기며 물었다.

"며칠 더 친정에 있을 줄 알았더니 왜 벌써 돌아오셨소?"

"위공이 나를 무자라 탓하고 소박하려 하매, 산천 기도 하고 돌아왔사옵니다."

"산천 기도 정도로 자식을 얻는다면 세상에 무자할 사람이 어디 있소?"

상서는 탄식하며 부인의 경솔함을 가엾이 여기면서도 코웃음 쳤다.

그러나 그날 밤에 취침 중 위공이 한 꿈을 꾸었는데,

'천상은 태을진군이 옥황상제께 죄를 지었으므로 점지하여 그대에게 보내니 귀히 보중하라.'

하고, 그 말을 전갈한 신선이 홀연히 사라졌다.

위공이 꿈에서 깨어나 부인에게 말하기를,

"당신의 자식 비는 정성이 지극하여 내가 이런 꿈을 꾸긴 하였지만, 영검은 두고 보아야 알 일이오."

부인은 기뻐하면서 그제야 자기가 대성사에 아들을 빌어 치성한 사실을 고하고, 그 치성 중에 얻고 돌아온 자기의 꿈 이야기도 했다.

과연 그달부터 태기가 있어서 이듬해 사월 초파일에 이르러, 위공은 마침 외출하고 부인이 혼자 있을 때, 홀연히 오색구름이 집을 두르더니 기이한 향기가 집안에 가득 찼다. 부인이 좋은 징조로 생각하고 시녀들에게 집을 청소하게 하고 기다렸다.

부인은 오시부터 몸이 불편하여 침상에 기댔다. 이윽고 공중에서 학의 소리가 나더니, 선녀 한 쌍이 침실로 들어와서 재촉했다.

"시각이 가까워졌으니 어서 침상에 누우시오."

왕 부인이 침상에 눕자마자 아무런 고통도 없이 이내 어린애 우는 소리가 들렸다.

선녀가 옥병의 물을 따르며 어린아이의 몸을 씻어 눕히고 가려 했다.

"당신은 어디서 온 누구온데, 이렇게 누추한 집에 와서 수고를 해 주시니 불안하고 고맙소."

"우리는 천상에서 해산을 가늠하는 선녀입니다. 옥황상제의 명을 받고 아기 낳으시는 것을 보러 온 것이고, 배필은 남쪽 땅에 있기로 그를 바삐 보러 가는 길입니다."

"선녀님, 그러면 이 아이의 배필은 어떤 가문에서 나며 이름은 무어라 하옵니까?"

왕 부인이 갓난아이 아내 감의 신분을 물으니,

"김 상서의 딸로 이름은 숙향이라 하옵니다."

하고 선녀들은 홀연히 흔적을 감추었다.

부인은 필묵을 내어 선녀의 말을 기록해 두었다.

이날 위공이 꿈을 꾸었는데, 하늘에서 선관이 내려와 부인에게 벼락을 치기에 놀라서 깨었다. 그 꿈을 깬 순간에 황제로부터 부르시는 어명이 전갈되었다.

곧 조정으로 들어가서 황제를 뵙고, 간밤의 꿈에 신의 처가 벼락을 맞아 보였으니 궁금해서 돌아가 보겠다고 하니 황제가 위공에게 하문했다.

"경의 부인이 잉태하고 있소?"

"네, 늦도록 자식이 없삽더니 홀연히 잉태하여 이달이 산월이옵니다."

"아, 그럴 거야. 짐이 천기를 보고 낙양성에 태을성이 떨어졌으매 기이한 사람이 나리라 하였는데, 과연 경의 집에 경사로구료. 고이 길러서 경의 뒤를 이어 짐을 돕게 하오."

위공이 황공한 분부를 사례하고 집으로 돌아와 보니 부인이 과연 아들을 순산했다.

위공이 크게 기뻐하여 급히 산실로 들어가 본즉, 어린아이의 얼굴이 꿈에 본 선관과 똑같아서 더욱 기이해하며 놀랐다. 이름은 선이라 하고, 자를 태을이라고 지었다.

선이 태어난 지 오륙 삭에 벌써 말을 하고, 사오 세에 글은 모르는 것이 거의 없었고, 십 세에 이르러서는 문장으로 천하에 이름을 떨쳐서 공경대부들 가문에서 다투어 구혼해 왔다.

선이 항상 희롱하는 말로,

"나의 배필은 월궁소아가 아니면 혼인하지 않는다."

하고 주장하였으므로 병부 상서 위공이 자부 간택에 여간 힘들지 않았다.

선이 부친에게 여쭈되,

"나라에서 과거를 근자에 보인다 하오니, 한 번 구경하고자 하옵니다."

하고 은근히 과거 볼 뜻을 표명하기로,

"네 재주는 과거를 볼 만하지만, 벼슬을 하면 몸이 나라에 매이게 되매, 우리가 너를 그리워서 어찌 쓸쓸하게 지낼 수 있겠느냐."

하고 위공은 허락지 않았다.

과거 볼 뜻을 부친의 반대로 이루지 못하자, 선은 울적한 마음을 달래려고 근처의 산수 유람을 일삼았다.

그러다가 하루는 유람차 한곳에 이르니 대성사라는 큰 절이 있는데, 뜰에 들러서 난간에 의지하였다가 잠이 들었다.

꿈속에서 부처가 이르되,

"오늘 왕모의 잔치에 선관과 선녀가 많이 모인다 하니 그대 나를 따라 구경하라."

선이 기쁘게 부처를 따라서 한 곳에 이르니 연꽃이 만발하고 누각이 층층이 높고, 눈에 띄는 모든 것은 장엄하여 이루 형언할 수 없었다.

부처가 선에게 잔치 장내의 광경을 가리키며 말했다.

"저 오색구름이 모인 탑 위에 앉으신 분은 옥황상제이시고, 그 뒤에 삼태성이 모든 것을 거느리고 앉았고, 동편의 황금탑 위에는 월궁항아시니, 모든 선녀가 근신하고 있다. 그리고 서편의 백옥탑 위에 앉으신 분은 석가여래시니 모든 부처를 거느리고 계시다. 내가 먼저 들어갈 터이니, 그대는 내 뒤를 따라 들어오라."

"하도 엄엄하여 동서를 구별치 못할까 겁부터 납니다."

부처가 웃고서 소매 안에서 대추 같은 붉은 열매를 주자, 선이 그것을 받아먹으니 금시로 정신이 소연해지는 동시에, 자기는 천상의 태을진군으로서 전에는 옥황상제 앞에서 매사를 봉승(奉承)하던 일과, 월궁소아께 애정의 글을 지어 창화하던 일이 역력히 회상되었다. 그리고 거기 모인 선관들이 모두 옛날 천상의 벗들이라 반가움을 이기지 못했다.

선은 옥황상제에게 사죄하고, 또 전생의 일이 그립게 생각난다고 하면서 모든 선관에게 인사하자 모두 반겨했다. 옥황상제가 선에게,

"인간의 재미가 어떠냐?"

하고 하문하자, 선이 땅에 엎드려서 사죄했다.

옥황상제가 한 선녀에게 명하여 반도 두 개와 계화 한 가지를 주라 하셨다.

선녀가 옥쟁반에 반도를 담고, 계화 한 가지를 들고 나오자 선이 땅에 엎드려서 받은 뒤에, 문득 선녀를 곁눈으로 보았다.

그런데 선녀가 부끄러워서 몸을 돌이킬 때에, 속에 낀 옥지환에 박은 진주가 계화가지에 걸려 떨어졌다. 선이 진주를 집어서 손에 쥐고 섰다가, 절의 종소리에 놀라서 깨고 보니 꿈이었다.

요지의 잔치 광경이 눈에서 암암하고, 천상의 풍악 소리가 귀에 쟁쟁히 남아 있고, 손에는 아직도 진주가 쥐어져 있었다.

선은 그 꿈이 매우 기이해서 글을 지어서 꿈에 본 정경을 그대로 기록했다.

부처께 하직한 뒤에 집으로 돌아오자, 그 뒤부터는 소아 생각만 났다.

*

    하루는 동자가 낙양 땅에 사는 사람이 찾아와서 선을 만나자고 청한다고 알렸다.

    선이 불러들여서 만나자 하니, 그 사람이 절을 하고 나서 말했다.

    "소생은 낙양 땅에 사는 조적이라 하옵니다. 한 개의 수놓은 족자를 구해 두었는데, 그 경치에 찬(贊)을 짓고자 하나 뛰어난 문장이 없어서 여의치 못했습니다. 듣자오니 공자의 문필이 천하에 제일이라 하옵기에 염치불구하고 찾아왔습니다. 청컨대 한 번 수고를 아끼지 마옵소서."

    그러고는 그 수를 놓은 그림 족자를 내놓았다.

    선이 받아서 보니, 자기가 꿈에 본 바로 그 선경이 생생하게 그려져 있으므로 놀라서 물었다.

    "이 족자를 어디서 얻었나요?"

    "공자는 왜 이 그림을 보자마자 놀라십니까?"

    그 노파가 혹시 이 집의 족자를 훔쳐다가 자기에게 판 것이 아닌가 의심스러워서 물었다.

    "허허, 참 이상한 일도 있군요. 실은 내가 일전에 본 것이니, 나를 속이지 말고 바른 대로 말해 주세요."

"낙양 동촌리의 이화정에서 술파는 노파에게 산 족자입니다."

"이것은 천상의 요지도(瑤池圖)로 우리에게는 소용되나 그대에게는 필요 없을 거요. 다른 수족자와 바꾸어 주거나 중가(重價)를 주겠으니 팔고 가는 것이 어떠하오?"

선의 요구에 응한 조적은 육백 냥에 팔고 돌아갔다.

선은 자기가 지은 글을 금자로 그림 위에 쓰고 족자로 꾸며서 자기 방에 걸고 주야로 바라보니, 몸은 비록 인간으로 있으나 마음은 전부 요지에 있는 듯했다.

그리고 오직 소아를 찾고자 하는 소원으로 초조해했다. 그러던 중에 하루는 스스로 깨닫고 혼자 중얼거렸다.

"나는 요지에 다녀왔거니와, 이 수를 놓은 사람은 어떻게 인간으로서 천상의 일을 역력히 그렸을까. 필경 비상한 사람이다. 이화정의 노파를 찾아서 수놓은 사람을 알아보리라."

선은 부모에게는 산수유람 떠난다고 말을 하고 노파를 찾아서 이화정으로 갔다.

이때 마침 숙향이 누상에서 수를 놓고 있었다. 홀연히 파랑새가 석류꽃을 입에 물고 숙향의 앞에 와서 앉았다가 북쪽으로 갔으므로, 숙향은 이 새가 자기를 그리로 인도하는 것이나 아닐까 하고 발을 쳐들고는 새가 가는 곳을 바라보았다.

그때 마침 한 소년이 청삼(青衫)을 입고 노새를 타고 자기 집을 향해 들어오고 있었다.

숙향이 자세히 보니, 꿈에 요지에서 반도를 받아갈 제 가락지에서 빠진 진주알을 집어 가던 신선의 얼굴과 같았다. 마음으로는 반가우면서도 한편으로 짐짓 놀랐지만, 그 소년의 거동을 살피려고 발을 내리고 조용히 앉아 있었다.

소년은 바로 그 집으로 와서 주인을 찾는데, 가만 들어 보니 북촌리의 이 위공 댁의 귀공자라 했다. 노파가 그를 공손히 맞아 좌정하며 말했다.

"공자께서 어떻게 이 누추한 곳을 찾아 주셨습니까? 진실로 감격하오이다."

"유람차 지나다 들렀으니 한 잔 술이나 아끼지 마오."

하고 웃더니 다시 말을 이어서,

"요지 그림을 수놓은 것을 할머니가 팔았다 하는데, 어떤 사람이 수를 놓았소?"

"그것은 소아라는 소녀가 놓았는데, 왜 물으십니까?"

"그 그림을 산 조적이란 사람에게 듣고 찾아왔소."

"그 소아를 찾아서 무엇하시렵니까?"

노파는 계속 캐물으며 말했다.

"소아는 본디 전생의 죄가 중해서 귀가 먹고 한 다리 한 팔을 못 쓰는 위인이라, 쓸모없는 여아입니다. 천생연분으로 구하는 것부터가 망계(妄計)입니다."

"나는 소아가 아니면 평생 혼인하지 않을 결심이니, 어서 만나게 해 주시오."

하고 선이 노파를 졸랐으나, 노파는 다시 말을 피하며 말했다.

"귀공자는 귀공자니까, 왕의 부마가 아니면 공경대부의 신랑이 될 것인데 어찌하여 그런 천인을 구하십니까?"

"그런 허황한 말씀은 다시 하지 마시오. 만승천자(萬乘天子)의 공주라도 나는 싫으니, 할머니는 소아가 있는 곳을 알려 주시오."

"나는 소아를 본 지가 하도 오래되어서 지금 있는 곳을 모르거니와, 형주 땅의 김 상서 댁으로 찾아가 보시오. 이승의 인간 이름은 숙향이라 하였습니다."

선은 노파의 말만 믿고 집으로 돌아와서 다시 거짓말로 여행할 것을 청했다.

"형주 땅에 기이한 문장이 있다 하오니 소재(小才) 찾아가 보고자 합니다."

부친 위공이 대견히 여기고 허락하니, 선이 절하여 하직하고 황금을 말에 싣고 길을 떠났다.

그는 형주 땅에 이르러 여러 날 만에 김전의 집을 찾았다.

문전에 이르러,

"김 상공이 계시냐?"

하고 묻자, 하인이 나와서 계시다고 대답했다.

"낙양 북촌리의 이 위공의 아들이 선뵈러 왔다고 여쭈어라."

주객의 인사를 필한 뒤에 김전이 선에게 말했다.

"귀한 손님이 누지에 오시니 고마우나, 무슨 일이오?"

"제가 댁을 찾아온 것은 다름이 아니오라, 영녀(令女)의 향명(香名)을 듣고 구혼코자 하옵니다."

이 말에 주인 김전이 눈물을 머금고 대답했다.

"내 팔자가 기박하여 남녀간 자식이 없더니, 늙어서야 여아를 낳으매 위인이 남의 아이 못지않더니, 오 세 때에 난중에 잃은 채 지금까지 생사를 알지 못하고 있소. 그러던 중 지금 그대의 청을 들으니 마음이 더욱 비장하오."

선은 하는 수 없이 김전을 하직하고 흠남군에 있는 장 승상의 집을 찾아갔다. 장 승상이 청해 들여서 인사를 필한 후에 선이 먼저,

"저는 낙양 북촌리의 이 위공의 아들입니다. 형주 땅의 김전이라는 사람의 딸 숙향이라는 낭자가 댁에 있다 하오매, 불원천리하고 구혼코자 왔습니다."

장 승상은 그 말에 벌써 눈물을 흘리며 슬픈 사정을 말했다.

"그 숙향이 오 세 때에 짐승이 물어다가 내 집 동산에 버린 것을, 우리가 무자(無子)하기로 십 년을 길러서 양녀로 삼았다네. 그런데 사향이라는 종년이 모함하여 내쫓김을 당하자, 숙향은 누명을 목숨으로 씻으려고 표진강 물에 빠졌기로 사람을 보내 구하려 했네. 허나 공적이 없었는지 지금까지 생사를 몰라 슬퍼하고 있네."

"제가 분명히 댁에 있음을 알고 왔으니, 그런 핑계로 거절하지 마시고 저의 구혼을 허락하여 주십시오."

장 승상이 거짓말로 자기의 청을 피하려는 줄 알고 선이 안타까워하자 장 승상이 말했다.

"그게 무슨 말인가? 숙향이 내 친딸일지라도 자네와 배필함이 과만하거늘 어찌 마다하여 핑계하겠는가. 이것은 모두 우리의 박복함 때문일세."

"듣자오니 숙향이 병신이라 하는데, 사향이 비록 구박하더라도 어디로 멀리 갈 수 있었겠습니까?"

선은 그래도 장 승상의 말이 믿기지 않았기 때문에 다시 추궁을 했다.

"우리 집안에서 숙향을 잃은 뒤에 화상을 그려 방에 걸었으니, 내 말을 못 믿겠거든 보게나."

선이 부인의 방으로 인도되어 가서 보니, 한 폭의 화상이 걸려 있었다.

선의 눈이 반가움에 끌려서 자세히 본즉 어디서 본 듯한 선녀의 자태였다.

그는 반가운 마음을 이기지 못하고,

"숙향이 병신이라더니, 이 화상은 아무 이상이 없으매 괴이하옵니다."

"숙향은 본디 아무런 병도 없고 불구자도 아니며, 이 화상은 열 살 전에 그린 모습일세. 십 세 후에는 자태가 더욱 고왔는데, 병신이라니 금시초문일세."

"승상님, 숙향을 찾아왔다가 그냥 가게 되었으니, 이 화상을 저에게 팔아 주시면 중가(重價)를 드리겠습니다."

장 승상은 선의 정상이 딱하였으나, 부인이 그 화상을 잃으면 섭섭해할 것이 또한 염려되어 말했다.

"자네 정성이 지극하여 주고 싶으나, 그것마저 없어지면 실인 (室人, 자기의 아내를 일컫는 말)이 실성할 것이매 그럴 수 없네."

선은 하는 수 없이 그냥 하직하고, 표진강 물가에 와서 그 근처를 두루 찾아보았으나 알 길이 없었다.

그러던 차에 어떤 노인이 그때의 사정을 말해 주었다.

"수년 전에 모양이 아리따운 소녀가 장 승상 댁에서 나와 이 물가에서 하늘에 사배(謝拜)하고 빠져 죽었소."

선은 숙향이 정녕 억울한 물귀신이 되었다니 슬프게 낙망하고, 향촉을 갖추어 제사를 지냈다.

그러자 물위에서 피리 부는 소리가 세 번 나더니, 한 청의동자가 작은 배를 타고 피리를 불며 오더니 선에게,

"숙향을 보고자 하거든 이 배에 오르시오."

하고 전하기로, 선이 고맙게 여기고 그 배에 올랐다.

뱃길이 살같이 빨랐고, 한 곳에 다다랐다. 동자가 다시 일러 주었다.

"이 물을 지키는 신령이 숙향을 구해서 동다하로 보냈다는 말을 들었으니, 그리로 가서 찾아보시오."

선이 사례하고, 동다하로 가는 도중에 한 중이 지나가므로 길을 물었다.

"여기서 조금 가면 감투 쓴 노인이 있을 것이니 그에게 물으면 알려 주리라."

선이 갈밭 속으로 가다 보니, 소나무 아래의 바위 위에 한 노인이 감투를 쓰고서 졸고 있었다. 선이 그 앞으로 가서 절을 해도 노인은 본 체도 하지 않았다.

선이 민망스러워하면서 말을 건넸다.

"저는 지나가는 행인이온데, 길을 몰라서 묻습니다."

그제야 노인이 졸던 눈을 조용히 뜨고서 말했다.

"나에게 무슨 말을 묻는고? 나는 귀 먹은 사람이니 큰 소리로 말하라."

"저는 이 위공의 아들이온데, 숙향이라는 낭자가 있다 하와 불원천리하고 왔으니 가르쳐 주십시오."

하고 애원하니, 노인이 눈살을 찡그리며 말했다.

"숙향이라는 이름은 듣도 보도 못하였는데, 너는 이 깊은 밤에 함부로 와서 내 잠을 깨우고 수다스럽게 구느냐."

선은 어이가 없었으나 다시 절하고서 말했다.

"표진강의 물신령이 이곳 어른께 가서 물으라기에 왔으니 가르쳐 주십시오."

"그전엔 어떤 여자가 표진강에 빠져 죽었다는 말은 들었지만, 표진강 용왕이 너한테 제물을 받아먹고 어쩔 수 없으니까 내게로 미룬 모양인데, 아마 전일에 여기 갈대밭에서 불타 죽은 그 소녀인 성싶다."

"정녕 여기까지 와서 불에 타 죽었습니까?"

"저 잿더미에 가 봐라."

선이 또다시 실망하면서 그곳으로 가서 보니, 불탄 재는 있으나 해골 탄 재는 없었다.

선은 여전히 졸고 있는 노인 앞으로 돌아와서 다시 말했다.

"어른은 저를 속이지 마시고 바른 대로 알려 주시오."

"네 열성이 그만하니, 내가 잠들어서 숙향이 어디 있는지 보고 오마. 너는 그동안 두 손으로 내 발바닥을 문지르고 있거라."

선은 노인의 말대로, 그날 해가 저물도록 노인의 발바닥을 문질렀다. 이윽고 노인이 잠을 깨더니 말했다.

"너를 위로해 주려고, 내가 마고할미 집에 가 보니 숙향이 누상에서 열심히 수를 놓고 있더라. 내가 그 증거로 불똥을 떨어뜨려서 수놓은 봉황새 날개를 태우고 왔으니, 마고할미 집으로 가서 숙향을 찾고 수놓은 봉의 날개를 보면 내가 분명히 갔던 것을 알 것이다."

선은 자기가 이미 그 할미 집에 가서 물었더니 이리이리 하라고 해서 천리 길을 여기까지 헤매어 돌아다녔다는 말을 고하자 노인이 껄껄 웃었다.

"그 마고할미에게 지성으로 빈다면 네 뜻을 이룰 수 있을 것이다."

선은 노인의 말이 신기하여 감탄하면서 하직하고 돌아서니, 노인은 벌써 홀연히 사라지고 없었다.

선은 그 길로 집으로 돌아오자, 걱정하고 기다리던 부모가 반겨 맞으면서 물었다.

"네 어디를 그리 오래 있다가 왔느냐?"

"도중의 산수에 끌려서 그럭저럭 일자가 늦었소이다."

하고, 천연스럽게 변명을 했다.

*

이 무렵에 이화장의 노파는 선을 속여서 돌려보낸 다음 숙향의 방으로 가서 말했다.

"아까 우리 집에 왔던 소년을 보셨소?"

"못 보았소이다."

"그 소년이 전생의 태을진군이라는 선관으로 아가씨의 배필이오나, 아깝게도 그 소년은 전생에 중한 죄를 진 벌로 한 눈이 멀고, 한 다리를 절고, 한 팔을 못 쓰는 병신이오."

"그분의 전생이 진실로 태을진군이라면 병신인들 상관있습니까? 내 옥지환의 진주를 가진 사람이 태을이니 할머니는 금후 자세히 살펴 주세요."

하고, 태을에 대한 변치 않는 일편단심으로 부탁했다.

하루는 숙향이 누상에서 수를 놓고 있을 때, 홀연히 난데없는 불똥이 공중에서 떨어져서 수놓은 봉의 날개를 태워 버렸다. 노파가 보고서 놀라며 말했다.

"혹시 화덕진군이 왔는지의 여부는 후일에 알 수 있으리라."

한편 선은 집으로 돌아온 지 삼 일 만에 목욕재계하고 요지에 가서 얻은 진주와 요지도의 수족자를 가지고 금은 몇 천 냥을 말에 싣고서 이화정의 마고할미의 집으로 찾아갔다.

노파가 선을 반갑게 맞아서 초당으로 인도한 뒤에 말했다.

"요전에 공자를 만났을 때는 약간의 술을 하고 섭섭히 지냈으나, 오늘은 싫도록 대접하며 나도 먹겠소이다."

"그날도 술을 받고 사례를 하지 못하였으니, 오늘은 갚겠소. 그대 할머니 말을 곧이듣고, 형주와 흠남군과 표진강까지 두루 다니며 숙향을 찾다가 고생만 하고 왔소이다."

선이 농 비슷하게 노파를 원망하자, 노파가 웃으면서 말했다.

"호호호, 주시는 술값은 감사하와 사양치 아니하거니와, 내 집이 비록 가난하나 술독 아래는 주천이 있고 위에는 주정이 있으니 무슨 값을 받으리까. 그런데 공자는 무슨 일로 그런 먼 곳을 다녀오셨습니까?"

선은 큰 한숨을 내쉬며 말했다.

"숙향을 찾으려고 갔다고 하지 않았소."

"공자는 진실로 의리와 정분이 많은 군자입니다. 그런 병신을 위하여 천리를 지척같이 찾아다니시니 숙향이 알면 오죽 감격하리까."

"숙향을 만났으면 감격해 주었을지 모르지만, 못 만났으니 내가 애써 찾아다니는 줄을 어찌 알겠소?"

노파는 거짓 놀라는 체해 보이며 물었다.

"그러면 숙향이 벌써 다른 곳과 혼인했던가요?"

"하하하. 나도 다 알고 있으니, 할머니도 나를 그만 속이시오. 화덕진군의 말을 들으니, 숙향은 지금 이 마고할미 집에서 수를 놓고 있다던데요. 할머니한테 천백 번 절이라도 하고 빌겠으니 나의 마음을 그만 태우시오."

노파는 그래도 정색을 하고 딴청을 부렸다.

"공자도 거짓말은 그만두시오. 화덕진군은 천상의 남천문 밖에 있는 불을 다스리는 신관인데 어찌 만나 보셨다는 말이오? 또 마고할미로 말하자면, 천태산에 있는 약을 다스리는 선녀인데 이런 누추한 인간의 집에 내려와서 숙향을 데려갈 리가 있습니까?"

선은 자기가 화덕진군을 만났을 때에 이 집에서 숙향이 이화정에서 놓고 있는 수에 불똥을 떨어뜨려서 태우고 왔으니 그것을 징험해 보라던 말까지 다하였으나, 그래도 노파는 딴청을 부렸다.

"정 그렇다면 이화정이라는 곳이 또 있는지 모르겠습니다."

선은 노파의 말을 듣고는 술도 먹으려 하지 않고 탄식했다.

"아아, 할머니가 나를 속이는 것이 아니라면 나도 어찌 할 바를 모르겠소. 삼산 사해를 다 찾아다니되 만나지 못하니, 나는 인제 죽을 수밖에 없소."

하고 선이 자리에서 수연(愁然)히 일어나니, 노파는 당황한 듯이 선을 바라보며 말했다.

"공자는 공후가의 귀공자로서 아름다운 배필을 얻어 원앙이 녹수에 놀고, 추월 춘풍을 지내실 몸인데, 왜 그런 미천한 병신 여자를 생각하십니까?"

"모를 제는 무심하나, 숙향이라는 그 천상 연분의 배필이 이 세상에 있는 줄을 안 뒤로는 침식이 불편하고 숙향이 나를 위하며 많은 고생만 겪으며 병신까지 되었다 하니, 철석간장(굳고 단단한 절개를 일컫는 말)인들 어찌 녹지 않겠소. 내가 끝내 숙향을 찾지 못하면 인간으로 살아서 있지 않을 결심이오."

"공자는 너무 낙망치 마시오. 지성이면 감천이니, 좌우간 두고 봅시다."

"내가 숙향을 만나고 못 만나는 것은 오직 할머니한테 달렸으니, 이 일생을 가엾이 여겨 주시오."

하고, 선은 이화정을 떠나서 집으로 돌아왔다.

사흘 후에 선이 밖에 나와 서 있을 때, 마침 이화정의 노파가 나귀를 타고 그 앞을 지나갔다. 선이 반겨 인사하며 물었다.

"할머니, 어디를 가시오?"

"공자의 지성에 감동하여 숙향을 찾으러 갔다 옵니다."

"아, 그래요. 그래 거처를 알았습니까?"

"글쎄요. 실은 숙향이라는 이름을 가진 소녀를 세 명 알아냈으니, 공자는 그중에서 본인을 알아내시오."

"그 세 명은 어디 있습니까?"

"하나는 큰부자 질갈의 딸이요, 하나는 빌어먹는 거지 계집애요, 또 하나는 만고절색이나 병신의 몸입니다. 그런데 그 병신의 여자가 자기 배필의 남자는 '내 진주를 가져간 사람이니까, 그 증거품의 진주를 본 뒤에 몸을 허하겠다.'고 말하고 있습니다."

선은 노파의 말을 듣고 여간 기뻐하지 않았다.

"그 진주의 증거품을 말한 여자가 내가 찾는 숙향이요. 내가 요지에 갔을 때, 반도를 주던 선녀에게 진주를 얻었으니 할머니도 보시오."

선은 집안으로 뛰어가더니 제비알만큼이나 큰 진주를 가지고 나와서 노파에게 주었다.

"할머니, 수고스러우나 이 진주를 가져다가 그 병신 소녀에게 보여 주고, 이것이 자기 진주라고 하거든 데려다가 할머니 집에 두시오. 그리고 택일해서 알리면 혼사 제구는 모두 내가 담당하리다."

노파는 그러마 하고 진주를 받아 가지고 와서, 집에 있는 숙향에게 진주를 보이며 선의 말을 전했다. 숙향이 그 진주를 받아서 보고 눈물을 흘리며 말했다.

"이 진주는 분명히 내 것이니, 모든 일은 할머니 요량대로 하세요."

노파가 다시 선을 찾아가서 사실대로 알리자, 선은 황금 오백 냥을 주며 혼수에 쓰라고 부탁했다.

"혼사 지내는 비용은 내가 비록 가난하나 적당히 하겠으니, 이 돈은 두었다가 숙향 낭자나 주시오."

노파는 오백 냥을 도로 선에게 맡기고 받지 않았다.

*

선의 고모는 좌복야(左僕射) 여흥의 부인이나 자식이 없었으므로 선을 친자식같이 사랑하였다. 선이 고모집을 찾아가니 고모가 반기면서 말했다.

"어제 밤중에 백룡을 타고 하늘로 올라가서 광한전이라는 대궐로 들어갔더니, 한 선녀가 말하기를, '사랑하던 소아를 너에게 주니 며느리로 삼으라.' 하므로, 내가 너의 아내로 삼으려고 데려다가 다시 본즉 정말로 아름다운 낭자였다.”

선은 전생이 월궁소아라는 선녀로서 인간의 이름이 숙향인 소녀와 혼인하게 된 경위를 자세히 고모에게 알리니, 고모가 크게 반기면서 기뻐했다.

“나는 찬성이지만 부모의 성정이 나와는 다르니, 그런 빈천한 소녀를 며느리로 삼을 리 없으니 어찌하랴.”

“저는 부모가 반대하더라도 다른 여자와는 혼인하지 않겠습니다.”

“네가 벼슬하면 두 아내를 둘 것이요, 또 네 부친이 서울에 가시고 없으니 혼사는 내가 주장하고, 둘째 아내는 네 부친의 뜻에 맡기면 좋지 않겠니.”

“고모님의 넓은 아량으로 제 소원을 이루게 해 주십시오.”

선은 신신당부하고 돌아와서 혼인날만 기다리고 있었다.

그날이 얼마 남지 않자, 선의 고모인 여부인은 숙향의 집에 기구가 없으리라고 염려하고 채단 혼인 때 신랑 집에서 신부 집으로 미리 보내는 청색, 홍색 등의 치마 저고릿감과 기구를 장만해서 도왔다.

그리고 신랑의 위의 차린 행차를 모두 고모집에서 마련하여 신부집인 이화정으로 갔다. 잔치에 모인 여러 선객이 요지선관처럼 성황을 이루었다.

전안지례(奠雁之禮)를 맞고 동방화촉에 나가서 교배하니, 천정한 배필임을 의심할 사람이 없었다.

이리하여 선이 요조숙녀 숙향을 아내로 맞아, 금실의 정이 원앙새가 푸른 나무숲에 놀고 비취가 연리지에 깃들임과 같아서 무궁하게 즐거워했다.

이튿날 선이 고모에게 문안을 드리자,

"신부가 병신이라더니 어떠냐? 곧 데려다 보고 싶으니, 부친이 서울서 내려오시는 대로 권귀차로 기별하고 신부를 데려오겠다."

하고 말했다.

"데려오기 전에 자부의 용모가 궁금하시거든 이 족자의 화상을 보십시오."

"이것이 꿈에 본 선녀이구나."

하고 놀라며 반색하여 마지않았다.

그러나 그전에 이 혼인에 반대한 위공의 부인은, 서울의 조정에 있으면서 변방 문제로 시골에 내려오지 못하고 있는 남편에게 몰래 알렸다.

일이 전과 달라진 것을 보고, 시녀들에게 물어서 비밀로 혼인하려는 실정을 알고 서울 있는 위공에게 기별하였더니 위공이 대로했다.

그리하여 위공은 곧 낙양 태수에게 통첩하여, 자기 아들을 유혹하는 그 계집을 잡아다가 죽이라고 엄명을 내렸다.

어느 날 저녁, 까치가 숙향의 방 창문 앞의 나무에 와서 놀란 듯이 울어 대니, 숙향이 무슨 흉한 징조일까 하고 걱정을 했다.

'장 승상 댁의 영춘당에서 저녁 까치가 울어서 뜻밖의 봉변을 당하였더니, 오늘 또 저녁 까치가 창 앞에 와서 울어 대니 무슨 연고가 있을지 두렵다.'

그날 밤이 깊어서 관가의 포리(捕吏, 포도청 및 지방 관아에 딸려 죄인을 잡는 하리)가 몰려와서 불문곡직하고 숙향을 성화같이 잡아갔다.

숙향이 무슨 이유인지도 모르고 잡혀가서 아문(衙門)에 이르니, 좌우에 등불을 밝히고 태수가 문초를 시작했다.

"너는 어떤 계집인데, 이 위공 댁의 공자를 유혹하여 죽을죄를 지었느냐? 위공께서 기별하시기를 너를 잡아다 즉시 죽이라 하였으니, 너는 나를 원망치 말고 형벌을 받으라."

하고, 형틀에 맨 다음 치려고 했다.

그러자 숙향이 울면서 아뢰었다.

"저는 다섯 살 때에 부모를 잃고 이화정의 노파를 만나서 의탁하고 있사옵더니, 이생이 구혼하였습니다. 상민 태생이 양반 댁 자제의 배필이 되었다 해서 그것이 제가 유혹한 죄는 되지 않을 것입니다."

"낸들 어찌 이 위공의 분부를 거역하랴. 형리는 어서 그년을 쳐라!"

태수는 사리의 시비곡절을 가리려고도 하지 않았고, 집장(執杖, 장형을 집행하는 사람)과 사령이 매를 둘러메고 사정없이 치려고 달려들었다. 그러나 형리들의 팔이 금방 무거워지고 움직일 수가 없게 되어서 매를 치지 못했다.

"음, 무죄한 여자를 치려 하니 그런 성싶으되, 위공의 명을 어기지 못할지니, 너희들의 팔이 움직이지 않아서 칠 수 없거든 몸을 꽁꽁 동여서 깊은 물에 넣으라."

하고 태수가 다시 명령했다.

이때는 밤중이라, 잠자던 태수의 부인이 꿈을 꾸니, 숙향이 울면서 부인 앞에 절하고 엎드려 울면서 말했다.

'부친이 저를 죽이려 하시는데, 모친은 왜 구해 주시지 않습니까?'

하고 호소하기로, 놀라서 잠을 깬 장 씨가 시녀를 불러 물었다.

"영감께선 어디 계시냐?"

"이 위공 댁의 기별로, 그 댁의 새 며느리를 쳐 죽이는 형벌로 동헌에 계십니다."

장 씨가 놀라서 남편 태수를 급히 청하여 내실로 오게 한 다음 울면서 호소했다.

"우리 딸 숙향을 잃은 지 십 년이로되, 야속할 정도로 한 번도 꿈에 보이지 않더니, 아까 꿈을 꾸니 숙향이 와서 '부친이 나를 죽이려 하시는데 모친은 왜 구해 주지 않느냐?'고 울면서 애원하였습니다. 그런데 아무래도 몽사가 역력하고 이상합니다. 그 여자가 어떤 사람입니까?"

"이 위공의 아들이 정식으로 취처하기 전에 임의로 작첩하였으므로, 위공이 노해서 잡아다 죽이라는 명령이오."

"아무리 관권에 관계되는 일이지만, 무자식한 우리가 어찌 또 죄 없는 사람에게 적악(積惡)을 하겠어요. 그 계집을 놓아주도록 하십시다."

태수 내외가 숙향을 죽여야 할까 살려야 할까 의논한 끝에 부인의 말대로 그냥 석방은 하지 못하고, 우선 옥에 가두어 형편을 보아 처리하려고 했다.

낙양 옥중에 갇힌 숙향은 남편 선에게 자기가 죽는 줄이야 알도록 기별하려고 하였으나, 소식을 전할 길이 없었다.

가슴이 터질 것만 같아서 울고만 있을 때에 홀연히 옛날에 보던 파랑새가 옥중의 숙향이 앞에 날아와서 앉는 것이었다. 숙향이 기뻐하며 급하게 적삼소매를 뜯어 입으로 깨문 손가락으로 혈서로 급한 사연을 쓴 다음, 파랑새의 발목에 매어 주었다. 그

러고는 새에게 푸념하듯이 간청하며 말했다.

"이 숙향은 옥중에서 죽게 되었으니 죽기는 섧지 않으나 부모와 이랑을 보지 못하니 눈을 감지 못하겠다. 또 비명으로 죽으니 원통하지 않으랴. 파랑새야, 너는 신의가 두텁거든 이 소식을 꼭 이 위공 댁 아드님께 꼭 전해 다오."

파랑새는 약속한 듯이 세 번 울고서 옥 밖으로 날아갔다.

이날 밤 선은 고모 집에서 자고 있었는데, 어쩐지 마음이 산란하여 잠을 이루지 못하고 울울불락(鬱鬱不樂, 마음이 답답하고 즐겁지 아니함)했다. 그런데 파랑새가 날아와서 누워 있는 선의 팔에 앉는 것이었다. 이를 이상히 여기고 살펴보니, 새의 발목에 혈서의 편지가 매여 있는 것이 아닌가.

편지를 풀어서 읽어 보니, 숙향의 위급하고 애처로운 사연이 적혀 있었다.

혼비백산한 선은 그 혈서를 고모에게 보이고, 낙양 감옥으로 달려가서 숙향을 구하려고 했다.

"놀라운 불행이지만 아직 경솔히 굴지 말고, 이화정 노파에게 시녀를 보내서 사정을 알아 오도록 하라."

부인은 이렇게 말하는 한편으로 이 위공 댁의 노복을 불러서 사건의 전말을 물었다. 그러고는 자세한 내막을 알게 되자 대로했다.

"선이가 비록 위공의 아들이나 내가 양육하였는데, 내가 주혼(主婚, 혼인에 관한 일을 주관하고 가정적인 책임을 맡음)한 일에 대해서 위공이 나를 큰누이 대접을 한다면 이럴 수가 있나. 동생이 애매한 사람을 죽이려 하니, 내가 직접 서울에 가서 위공을 만나 말하고, 그래도 동생이 고집을 부리고 듣지 않으면 황후께 여쭈어서 조처하겠다."

그러고는 행장을 차려서 서울로 급히 올라갔다.

이때 낙양 태수는 일찍이 과거에 급제하고 벼슬하여 그 자리로 부임한 김전이었다. 하지만 공교롭게도 병부 상서 이 위공의 사사로운 명령을 거역하지 못하여 마음이 자연 비창하였으나 마지못해서 낭자를 잡아들였던 것이다.

숙향이 고운 얼굴에 괴로운 눈물을 흘리고 약한 몸에 큰 칼을 쓰고 끌려서 동헌에 나왔을 때, 김 태수가 문초를 시작했다.

"네 나이 몇이며, 이름은 무엇인고? 고향은 어디며, 누구의 자식이냐? 속이지 말고 바른 대로 대라."

숙향은 정신을 겨우 차리고 대답했다.

"저의 아비는 김 상서라고 하고, 제 이름은 숙향이며, 나이는 십오 세로소이다."

태수 옆에 나와 있던 부인이 이 말을 듣고 단번에 눈물을 비오듯 쏟아 냈다.

"낭자의 얼굴을 보니 우리 숙향과 같고, 나이가 꼭 맞으며, 김 상서의 딸이라고 하니 근본을 더 조사하기로 하고, 아직 다스리지 마시기 바라오."

김 태수가 부인의 말을 옳게 여기고 다시 하옥시킨 다음, 그 사연을 서울 있는 이 위공에게 기별했다.

김 태수의 부인이 숙향을 생각하고 울기만 하므로, 태수도 부인을 위로할 겸하여 옥리에게 분부했다.

"그 정상이 참혹하니 큰 칼이나 벗겨 주라."

서울의 이 위공이 낙양 태수 김전의 편지를 보고 크게 노해서 계양 태수로 좌천시켰다. 그리고 다른 사람으로 낙양 태수를 삼아서 기어코 숙향을 죽이려고 생각할 때에, 마침 하인이 와서 아뢰었다.

"여 좌복야 댁의 부인께서 오십니다."

위공이 반가워하며 하당하여 맞아들여 문후를 여쭈자, 부인이 인사도 받지 않고 곧 화를 내며 큰 소리로 위공을 꾸짖었다.

"요사이 세상에선 벼슬 높고 위엄이 커지면, 동기도 업수이 여기고 억제하려는 거냐?"

위공이 영문을 모르고 황공해하며 말했다.

"누님, 왜 이렇게 노하십니까?"

"선이를 내 손으로 길러서 친자식같이 알기 때문에, 마침 마땅한 혼처를 만나 네게 미처 기별하지 못하고 성혼시켰다. 또 그렇게 한대도 좋은 꿈의 징조와 부합했기 때문에 쓸쓸한 슬하에 내가 데리고 있으려고 그랬던 것이었는데, 너는 내게도 알리지 않고 무죄한 여자를 죽이려 했다. 대장부가 그러하고서 천하의 병마를 어찌 부리겠느냐?"

하고 호통을 내리니, 장병을 지휘하는 병부 상서도 어쩔 줄 몰라 했다.

"이번 일을 누님께서 주혼하신 줄은 모르고 잘못하였습니다. 하지만 여기서도 마침 양왕이 구혼해 와서 제가 허락한 차에, 선이가 미천한 계집에게 장가들었다고 시비가 많아서 그리하였던 것입니다."

"혼인은 인륜의 대사이오니 인력으로 어찌하겠소?"

"낙양 태수에게 다시 기별하여 죽이지 말고, 낙양 근처에 두지 말도록 하겠습니다."

여황후는 여부인의 시고모였으므로, 황후가 조카딸이 상경하였다는 기별을 듣고 궁중으로 청하여 머무르게 되었다.

여부인은 곧 선에게 편지를 부쳐서 숙향이 옥에서 석방될 것을 알렸다.

그러나 이 위공은 자기의 아들이 호탕하여 학업에 지장될 것을 염려하여 서울로 불러올렸다. 그리하여 선이 숙향을 다시 보지 못하고 상경하게 되었다.

선이 모친에게 하직 인사를 하고 눈물을 흘리며 흐느껴 울자, 모친이 위로와 꾸지람을 겸해 훈계하였다.

"네 인물 풍채가 남만 못하지 않으매, 좋은 배필을 구할 곳이 어디 없으랴. 부모를 속이고 천한 계집을 얻어서 지내면 성정이 타락된다. 그런데 이 기회에 부친이 서울로 불러다 공부를 잘 시키려는데, 왜 그리 슬퍼하느냐?"

선은 그때서야 숙향과 혼인하게 된 자초지종의 연분을 고하며 모친에게 당부했다.

"그러하오니, 모친은 제 천정을 생각하고 숙향을 집으로 불러 들여 주소서."

"아, 그런 줄은 전연 몰랐다. 네 말대로 진실이 그렇다면 천생 연분이니 낸들 어찌 구박하랴. 부친도 그런 실정을 아신다면 하락하실 테니 염려 말고 과거에 성공하고 돌아오너라. 벼슬을 한 뒤에는 너 하려는 일을 부모도 말리지 못할 거다. 그런 점에서도 꼭 과거에 성공해라."

선은 숙향을 만나지 못하더라도 이화정의 노파나 만나고 가려고 생각하였지만, 그마저도 부명을 거역치 못해서 편지로 숙향을 잘 보호하도록 당부하고 서울로 떠났다.

상경하여 부친을 뵈니, 부모 허락 없이 장가든 것을 대책하고 곧 태학으로 보냈다. 그러고는 부친은 이내 황제께 하직하고 고향집으로 돌아왔다.

이때 김전은 계양 태수로 전근해 가고, 낙양 태수로 부임한 신관이 숙향을 옥에서 석방하며 낙양 근처에는 있지 못하도록 했다.

이화정의 노파가 옥문 밖에서 기다리고 있다가 숙향을 맞이하여 끌어안고 집으로 돌아와 보니, 마침 선이 보낸 편지가 와서 기다리고 있었다.

숙향이 임 본 듯이 반갑게 뜯어 보니 만단정화(萬端情話)라, 서러운 눈물을 흘리며 탄식해 마지않았다.

"이랑이 이제 서울로 가시고 고을에서는 이 근처에 있지 못하게 하니, 나는 장차 어디로 가서 몸을 의탁하지요?"

"이것이 때의 액운이요. 여기 오래 있으면 또 화를 당할 것이니, 이곳의 세간을 정리하고 나와 같이 이 고장을 떠납시다."

*

어느 날, 노파가 숙향에게 서글픈 표정으로 말했다.

"나는 본디 천태산의 마고할미였는데, 낭자를 보호하기 위해 세상에 내려왔습니다. 그런데 이제는 낭자의 급한 화를 다 구해 드렸으며, 이와 동시에 연분이 다하여 떠나게 되었습니다. 하지만 여러 해 동안 같이 살던 정의를 잊을 수 없을 것 같습니다."

숙향이 그 말을 듣고 깜짝 놀라서 절하고 은혜에 감사하며 말했다.

"미련한 인간의 눈이 지금까지 할머니가 신선이심을 알아보지 못하고, 이제 인연이 다해 버리심을 당하게 되오니 망극하옵니다. 그동안 할머니의 은혜를 입어서 일신이 안일하더니 할머니가 선경으로 돌아가시면 누구를 의지하오리까?"

"내가 청삽살개를 두고 갈 테니, 그놈이 낭자의 어려움을 도우리다."

"할머니 가시는 길이 얼마나 되며, 어느 날 가시렵니까?"

"갈 길은 여기서 오만 팔천 리요, 지금 곧 떠나려고 합니다."

숙향이 작별이 급함에 놀라 슬퍼하면서 간청했다.

"하루만 더 계시다가 가십시오."

노파가 한숨을 쉬면서 말했다.

"내가 간 뒤에 나 입던 옷을 염하여 관 속에 넣고, 저 삽살개가 가서 발로 파는 곳에 묻어 주시고, 만일에 어려운 일이 있거든 그 무덤으로 오면 자연히 구하게 될 것입니다."

그러고는 입었던 적삼을 벗어 주고 나서 두어 걸음 가는 것

같더니, 잠시 후에 모습이 홀연히 사라지고 보이지 않았다.

숙향은 망극해하며 두고 간 적삼을 붙들고 통곡했다.

숙향은 마고할미가 남기고 간 말대로 장례를 지내려고 예복을 갖추어 관에 넣어 가지고 산소 터를 찾아서 길을 나섰다. 한참을 따라오던 청삽살개가 숙향의 치마 끝을 물어서 그만 가라고 하여, 그곳에 모신 다음 조석으로 제사를 극진히 모셨다.

그리고 삽살개를 사랑하고 믿으면서 세월을 보냈다.

하루는 달이 밝고 하늘에 한 점의 구름도 없이 맑게 개어서 잠을 이루지 못하는 숙향이 사창에 의지하여 탄식하는 심정을 글로 지어서 책상 위에 올려놓았다. 그런데 졸다가 깨어 보니, 글도 없고 개도 어디론가 사라지고 보이지 않았다.

숙향이 낙망하여 울면서 한탄했다.

"가련하다 내 팔자여, 할머니도 가고 할머니가 남겨 준 의지할 개마저 잃었으니 밤이 적적하여 잠도 오지 않는구나."

이때 선은 서울의 태학에서 공부한 뒤로 숙향의 소식을 들을 길이 없자, 주야로 눈물만 짓고 있었다.

그런데 하루는 낯선 청삽살개 한 마리가 자기를 향해 오더니, 앞에 와서 앉으며 입에 물고 온 것을 토해 놓는 것이었다.

선이 기이하게 여기며 살펴보니, 동촌리 이화정에 있던 숙향의 필적이었다.

급히 그 글을 떼어 보았다.

'슬프다. 숙향의 팔자여. 무슨 죄로 오 세에 부모를 잃고 동서로 표박(漂迫)하다가 천우신조하사 이랑을 맞았으나, 다시 이별하고 외롭게 의지할 곳도 없는 나의 신세……. 다행히 할머니를 의지하였더니, 여액(餘厄)이 미진하여 일조(一朝)에 승천(昇天)하니, 혈혈단신 어디 가서 탄식하리요. 내 생전에 이랑을 보지 못하면 부모를 어이 찾으리요. 슬프다, 나의 신세여. 죽고자 하나 죽을 땅이 없고나!'

선은 이 글을 읽고 슬픔을 금하지 못했으며, 노파가 죽은 것을 알고 더욱 낙망했다.

선은 음식을 내다가 개에게 준 다음, 편지를 써서 개목에 걸어 매고서 당부했다.

"할머니까지 죽으매, 낭자는 너만 의지하고 지낼 테니 빨리 돌아가서 이 편지를 전하고, 낭자를 잘 보호하여 다오."

그러자 개가 잘 알았다는 듯이 머리를 끄덕이고 날 듯이 돌아갔다.

이때 숙향은 개를 잃고 종일 흐느껴 울며 기다리다가, 해가 저물어서 인적이 끊어지고 짐승 소리조차 나지 않는지라 견딜 수 없을 만큼 고적했다.

오직 먼 밤하늘만 바라보며 탄식하고 있을 때, 홀연히 청삽살개가 나는 듯이 와서 숙향의 앞에 엎드렸다.

어디로 가서 죽지나 않았을까 하던 숙향은 반색을 하며 머리를 쓰다듬어 주면서 하소연했다.

"네가 아무리 짐승이기로 나를 버리고 어디로 갔었느냐. 배를 오죽이나 주렸으랴!"

하고 머리를 쓰다듬으며 위로해 주자, 개가 반겨하며 앞발을 쳐들더니 목을 숙여 보였다.

숙향이 비로소 그 개의 목에 편지가 매여 있는 것을 발견하고 끌러서 펴 보았더니 다음과 같은 선의 사연이었다.

'숙향 낭자에게 부치나니, 낭자의 옥안이 그리워서 밤낮없이 생각하고 있던 중, 천만 뜻밖에 청삽살개가 그대의 글을 전하였소. 못내 감동하여 우리의 안부를 전하게 되었도다.

그대의 심한 고생은 모두 이선의 죄라. 한 번 이별하여 약수가 가리었고 청조(푸른 새가 온 것을 보고 동박삭이가 서왕모의 사자라고 한 《한무고사》에서 온 말로 반가운 사자 또는 편지)가 끊겼으니, 서산에 지는 해와 동령에 드는 달을 대하여 속절없이 간장만 태우다가 삽살개가 소식을 전하니 반가운 마음을 금치 못하오.

그러나 할머니가 죽었다 하니 낭자는 누구를 의지하며, 그 고적한 신세를 생각하는 내 마음이 어떠하리요. 지필을 대하매 마음은 진정치 못하고 눈물이 앞을 가리도다. 쌓인 회포를 다 기록하지 못하나니, 옛 사람이 이르되, '흥진비래(興盡悲來) 요 고진감래(苦盡甘來)라' 하니, 설마 언제나 그러리요.

지금 과거 소식이 들리니 이에 응하여 뜻을 이루면, 나의 평생의 원을 풀고, 낭자의 은혜를 갚으리니 내가 돌아갈 날을 기다려서 생사를 같이함을 원하노라.'

숙향은 편지를 다 보고 흐느껴 울면서 탄식했다. 서울이 여기서 오천여 리나 길이 요원하고 산이 망망하니, 약한 여자의 발로 찾아가기 극난하고 또한 도중의 강포지욕(强暴之辱)이 두려워서 좌사우량(左思右量, 이리 생각하고 저리 생각하여 곰곰 헤아려 봄)하나 백계무책이었다.

하루는 그런 걱정과 수심에 잠겨 있을 때, 흉흉한 소문이 들렸다.

때마침 도적이 성행하던 중, 불량배들이 이화정에 노파조차 없음을 알고 재물을 약탈하고 숙향을 겁탈하려 한다는 소문이 돌아 숙향은 눈앞이 캄캄해졌다.

곧 동촌리의 아는 아이를 불러다가 자세히 물어보았다.

"내가 길가에서 들으니, 이화정 집에 보화가 많으니 오늘 밤에 겁탈하여 보화를 나누어 갖고, 낭자를 잡아다가 저희들이 데리고 산다고 벼르고 있었습니다."

숙향은 그 말을 듣고 모골이 송연하고 마음이 다급하여 어찌할 줄을 몰랐으며, 해가 저물어 황혼이 되자 더욱 초조해서 궁리 끝에 한 가지 계교를 생각해 냈다.

삽살개를 불러서 타일러 말했다.

"아가, 지나가는 아이의 말을 들으니 오늘 밤에 도적이 들어와서 재물을 수탈하고 나를 기어코 겁탈한다 하는구나. 그렇게 되기 전에 나는 죽어서 절개를 온전히 지킬 결심이다. 지금 할머니 묘소에 가서 목숨을 끊고, 할머니의 해골과 함께 묻히고자 한다. 그러니 너는 할머니 묘소에 가서 영혼에게 묘방을 물어서 나의 욕을 면하게 할 수 있겠느냐?"

숙향이 눈물을 흘리며 말했으나, 삽살개는 다만 고개를 들어서 멍청하니 듣기만 하고 응하는 기색이 없었다.

숙향은 하는 수 없이 의복 두어 가지를 보에 싼 다음에 개가 할머니 묘소에 인도하기를 바랐으나, 청삽살개는 누운 채 일어나지 않았다.

숙향은 더욱 황망해하며 개에게 호소했다.

"네 비록 짐승이지만, 지금 사세가 급한 줄을 알거든 생각해봐라. 이렇게 하다가 때가 늦으면 도적의 욕을 보고 말 것이 아니냐."

청삽살개가 그제야 일어나서 보에 싼 것을 입으로 물어 당기기에 옷보를 주었더니, 그것을 제 등에 물어서 얹고 밖으로 나갔다.

숙향은 그 뒤를 따라갔다. 그런데 얼마쯤 가던 개가 어떤 무덤에 앉더니 더 이상 움직이지 않았다.

숙향은 그것이 할머니 무덤이라 생각하고, 봉분에 엎드려서 어루만지며 통곡했다.

이때 선의 모친인 위공의 부인이 완월루에 올라서 달구경을 하고 있었는데, 멀리서 여자의 곡성이 은은히 들려오자 비복들에게 말했다.

"야심한 이때에 웬 여자가 저리 슬피 우느냐? 누가 가서 알아보아라."

마침 선이 어릴 때에 섬기던 유부가 명을 받고 울음소리 나는 곳으로 갔다.

소녀 혼자 무덤 앞에서 울고 있는 것을 보고 유부가 물었다.

"낭자는 누구이신데 심야에 홀로 여기서 울고 계십니까?"

유부가 공손히 절하고 묻자, 숙향이 눈을 들어서 보니 늙은이였으므로 울음을 그치고 대답했다.

"나는 동촌리에 사는 이 공자의 낭자인데, 도적의 욕이 급하므로 피해 왔습니다. 나는 죽어서, 전에 은혜를 입었던 할머니와 함께 묻히려고 합니다."

이 말에 깜짝 놀란 늙은이가 땅에 엎드리며 말했다.

"저는 이 공자의 유부입니다. 이 공자의 모친 마님께서 소저의 곡성을 들으시고 사정을 알아보라 하시기에 왔는데, 소저께서 이곳에서 이러실 줄은 천만 뜻밖이옵니다. 우선 소복(小僕)의 집으로 가시면 앞으로 자연 평안하게 될까 하옵니다."

"할아범이 이랑의 유부라 하니 참으로 반갑고 이제 죽어도 여한이 없게 되었소. 승상 댁 대감께서 나를 죽이라 하셨거늘, 이리 하시라는 명도 없이 그 댁으로 갔다가 나중에 아시게 되면 반드시 죽을지니, 나 죽기는 쉽지 않으나 할아범에게 누가 미칠 것이므로 그냥 돌아가오. 다만 이랑이 서울에서 돌아오시거든, 내가 이곳에서 죽었다고 알려 올리면 은혜가 태산 같겠소."

"낭자의 말씀을 듣자오니 그것도 마땅한 듯하나, 제가 마님께 알려 드리고 올 때까지 기다리시고, 천금 귀체를 가볍게 하지 마십시오."

하고 나는 듯이 되돌아가니, 청삼살개가 등에 엎었던 옷보를 내려놓으며 숙향에게 그 옷을 입으라고 권하는 시늉을 하는 것이었다.

"네가 나로 하여금 죽으라는 뜻이라면 땅을 파거라. 그러면 내가 거기 누워 죽을 테니 나를 덮어 두었다가, 낭군이 오시거든 가르쳐 드려라."

하고 숙향이 옷을 입으니, 개는 땅을 파지 않고 이 위공 댁 방향으로 앉아 보였다.

숙향은 속으로 생각했다.

'위공이 오시면 반드시 나를 죽이실 것이니, 그러면 나중에 위공의 신상에도 시비가 될 것이다. 그러니 내가 스스로 죽어서 그런 시비를 낭군의 부친께 끼치지 않게 해야 한다.'

그리하여 수건으로 목을 매려고 하자, 삽살개가 수건을 물어 빼앗아 죽지 못하게 했다.

숙향이 울면서 청삽살개에게 말했다.

"너는 왜 나를 죽지 못하게 하느냐. 구차하게 살았다가 낭군을 만나 볼 수 있거든 할머니 산소를 향해서 절해라. 그러면 네 뜻을 따라서 죽지 않겠다."

숙향은 영물로 믿는 개의 뜻을 점쳐 보려고 했다. 그러자 개가 할머니 산소를 향하여 절하고 안심하듯이 앉자, 숙향은 감사한 마음으로 개의 머리를 쓰다듬었다. 그러면서 아직 불안한 마음이 놓이지 않아서 한탄하듯 말했다.

"네가 나를 죽지 못하게 하나, 살았다가 욕을 볼까 두렵다."

이때 유부는 아내에게 자기 집에 숙향을 데려다 두도록 이르고서, 그동안에라도 자결할지 모르니 급히 가서 구하도록 일렀다. 그리고 위공 댁으로 가서 부인에게 보고 온 사실을 고했다.

그러자 부인이 그 참혹함을 동정하여 위공에게 말했다.

"그 정상이 가련하오니 데려다가 근본이나 보고, 하는 양을 보는 것이 좋을까 합니다."

부인이 이렇게 청하자, 그처럼 노하던 위공도 인명을 가긍히 여기고 부인의 뜻을 따랐다.

부인은 곧 하인들에게 교자를 보내어 유모에게 데려오도록 분부했다.

유모는 이보다 먼저 숙향의 앞에 이르러서 말했다.

"저는 이 공자의 유모이옵니다. 요전에 공자께서 소저와 성혼하셨다 하오나, 고모 부인께서 조용히 구혼하셨기로 알지 못했습니다. 그 후 옥중의 곤경을 당하셔서 슬퍼하던 중, 아까 왔던 바깥사람의 말을 듣고 공자를 뵌 듯하여 달려왔습니다."

"이랑의 유모라고 하니, 나의 정의를 마음 놓고 얘기할 수 있겠소."

그러고는 전후 경과와 사정을 다 말하려고 했으나, 얘기가 끝나기도 전에 유부가 시비들을 거느리고 와서 교자에 오르라 하면서 위공 부인의 뜻을 전달했다.

"부르시는 명이 계시니 어찌 거역하리요마는, 천한 몸으로 교자를 타기가 외람되니 걸어서 가겠소."

숙향이 사양하자, 유모가 말했다.

"마님의 명이시니 교자를 사양치 마십시오."

숙향이 마지못하여 교자에 오른 다음 승상 부인 앞에 이르렀다. 시비들이 부인의 명으로 몰려 나와서 완월루로 안내했다.

숙향이 교자에서 내리니 등불을 든 시비가 좌우에 나열하여 밝기가 낮과 같았다.

한 시비의 인도로 따라가서 위공 부인에게 멀리서 사배(四拜)하니, 위공 부인이 옆으로 와서 앉으라 했다.

가까이 가서 자리를 같이하니, 숙향의 탁월한 색태(色態)에 놀라지 않는 눈이 없었다.

며느리를 처음 보는 시어머니인 위공 부인도 진심으로 탄식했다.

"이만 인물이니 집 아인들 어찌 무심하였으랴. 홍안박명(紅顏薄命)이라 하니 만첩수운(萬疊受運)이나, 기질이 이와 같으니 장강의 색태도 미치지 못할 거다."

부인은 다시 숙향에게 물었다.

"네 고향이 어디이고, 이름은 무엇이며, 나이는 몇 살이냐?"

"저는 다섯 살 때에 부모를 잃고 정처 없이 구걸해 다니다가, 흰 사슴이 업어다가 장 승상 댁 동산에 버린 것을, 그 댁에 자녀가 없어서 저를 십 년 동안 딸처럼 귀엽게 길러 주셨습니다. 그런데 마침내 사고가 있어서 그 댁을 떠났으며 본향과 부모의 성명을 모르나이다."

이 말을 듣고 이 위공이 거듭 물었다.

"장 승상 댁에서 무슨 일로 나와서, 이화정 할미에게 와 있었느냐?"

"장 승상 댁의 시비 사향이 승상의 장도와 부인의 금봉채를 훔쳐다가 제 상자 속에 두고, 제가 훔쳤다고 부인께 참소했습니다. 저는 변명이 무익하여 누명을 죽음으로 씻으려고 표진강에 몸을 던졌습니다. 그런데 마침 채련(採蓮)하는 선녀들이 구해 주며 동리로 가라 했습니다. 아녀자의 행색이라 거짓 병신인 체하고 가는 중에 기운이 파하여 갈대밭 속에서 잠이 들었다가, 화재를 만나서 죽게 되었습니다. 다행히 화덕진군이 구해 주셨으나 의복이 없어서 진퇴를 정하지 못하고 있었는데, 의외로 이화정의 할미를 만나서 그 집에 의탁하여 살았습니다. 그러던 중 생각지도 않은 공자의 구혼을 받고 성혼하였는데, 낙양 옥중에서 사액(死厄)을 지내옵고, 다시 하령하여 멀리 추방을 받고 동촌리에 가서 살고 있습니다. 그런데 오늘 밤에 도적에게 쫓겨서

할미 무덤에서 죽으려 하였을 때, 뜻밖의 부르심을 입사와 이리 대령하였습니다."

"흠남군에서 몇 달 만에 낙양까지 왔었느냐?"

위공이 또 물었다.

"갈대밭에서 하루를 묵고, 이튿날 할미를 만났습니다."

"흠남군이 여기서 삼천 오백 리라, 한 달에도 오지 못할 텐데 이틀 만에 왔다니 매우 이상하구나."

위공이 깜짝 놀랐고, 부인은 다시 이름과 나이를 물었다.

"이름은 숙향이요, 나이는 십육 세올시다."

"생일은 언제냐?"

"사월 초파일입니다"

부인이 오래 생각한 끝에 말했다.

"네 모습이 과연 의젓하다. 선이를 낳을 때에 선녀들이 하던 말을 기록해 두었는데, 이제야 깨달았다."

그러고는 시녀에게 그 기록한 것을 가져오라 하여 보니, 아들 선의 배필은 '김전의 딸이요, 이름은 숙향'이라고 분명히 적혀 있었다.

"부모의 성명을 모르면서, 생년월일의 사주는 어떻게 알고 있느냐?"

부인이 또 묻자, 숙향이 말없이 엎드렸다.

부인이 바라본즉 숙향의 이마에 금(金) 자로 '이름 숙향, 자 월궁선, 기축 사월 초파일 해시 생'이라고 씌어져 있었다.

부인이 그것을 본 뒤에 더욱 기특히 여기며 말했다.

"네 생년월일의 사주가 우리 선이와 같은데, 네가 성을 모른다니 답답하구나."

"그전에 꾼 꿈에서는 신인(神人)의 말씀이 낙양의 김전이 제 부친이라 하였습니다마는, 어찌 알 수 있겠습니까?"

"그렇다면야 얼마나 다행하랴."

위공이 그렇기를 바란다는 듯이 말하자, 부인이 위공에게 물었다.

"그는 어떤 사람입니까?"

"운수 선생의 아들이니 문벌은 더 물을 것이 없소."

부인이 기뻐하며, 기어코 숙향의 근본을 알아서 아들의 정실로 삼으려고 하였다.

그 후부터 숙향을 부인의 좌우에 가깝게 두고 그 행동을 주야로 살펴보았는데, 모든 일이 진선진미하여 하나도 그름이 없으므로 부인의 사랑은 갈수록 더해 갔다.

하루는 숙향이 전에 있던 집의 물건을 옮겨 오기를 청하니, 부인이 반신반의로 물었다.

"도적이 무엇을 남겨 두었겠느냐?"

"중요한 것은 땅에 파묻었으니까 도적도 몰랐을 것입니다."

"그럼 네가 가지 않으면 찾아오기 어렵겠구나."

"제가 아니더라도, 저 청삽살개를 데리고 가면 알려 줄 것이옵니다."

부인이 곧 유부를 불러서 말했다.

"저 개를 데리고 소저가 있던 집에 가서 살림에 쓰는 그릇붙이와 수품을 가져오게."

하고 시키면서도, 저런 짐승이 어찌 그런 것을 알 수 있으랴고 심중으로 의아스러워했다.

유부가 바로 하인들을 거느리고 동촌리에 있는 숙향이 살던 집으로 가자, 데리고 간 개가 울 밑의 한곳을 발로 후벼서 가리켰다. 그곳을 깊이 파 보니, 과연 귀중한 기명이 많이 나왔으므로 그것을 거두어 가지고 돌아와서 부인에게 고했다.

"개조차 그렇게 영감한 것을 보면, 우리 신부는 범인이 아닌 게 분명하구나."

숙향에 대한 부인의 사랑이 비할 데 없었다.

그리고 어느 날 숙향에게 물었다.

"너는 침선방적(針繕紡績)을 할 줄 아느냐?"

"어려서 부모를 잃고 길에서 방황하였기 때문에 배운 바는 없사오나, 본이 있으면 무엇이든 시늉을 낼 수 있습니다."

부인은 숙향의 재주를 시험해 보기 위해 비단 한 필을 주면서 말했다.

"위공께서 멀지 않아 상경하실 때 입으실 관복이 무색하니, 이 관복을 보고 지어 보거라."

숙향이 명을 받고 자기 침소로 돌아와 그 비단을 살펴보니 천이 곱지 못했다. 숙향은 자기가 갖고 있던 좋은 비단과 바꾸어서 불과 반나절 만에 관복 일습을 완성했다.

시녀가 부인에게 사실을 고하자, 부인은 믿을 수가 없었다.

"관복은 예사복과 다르기 때문에, 내가 연소할 때 침재(針才)가 남에 못지않았으나 닷새에 지었다. 그런데 아무리 재주가 능하더라도 어찌 그렇게 빠를 수가 있겠느냐. 그것은 거짓말이다."

그래서 사실을 알기 위해 숙향을 불렀다.

"관복은 이미 지어 놓았습니다. 그러나 어찌 하올지 몰라서 즉시 아뢰지 못하였사옵니다."

숙향이 관복을 갖다 부인에게 올리니, 부인은 그것을 살펴보았다.

수품 제도가 그전 관복보다 나을 뿐 아니라 비단이 자기가 준 것이 아니므로 이상히 여기고 물었다.

"비단은 이것이 더 나을 듯하옵고, 할미 집에 있을 때 짠 것인데 마침 빛깔이 같기에 바꾸어 지었사옵니다."

부인은 크게 놀라며 '이런 재주가 천하에 어디 있으랴.' 하며
대찬했다. 그리고는 즉시 관복을 갖다가 위공에게 보이면서 신
부의 재주를 알려 주었다.

"관복을 새로 지었으니 입어 보십시오."

"허어, 근래는 당신이 늙어서 몸에 맞는 옷을 입기 어렵더니,
이 관복은 몸에도 맞고 솜씨도 좋아 늙어서 굉장한 호사를 누리
겠구려."

위공이 옷을 입고 매우 기뻐하므로 부인이 웃으면서 말했다.

"나는 소시에도 수품 제도가 이렇지 못하였는데, 하물며 이
늙은 솜씨로 어찌 이렇게 짓겠습니까. 이것은 새로 온 자부가
제 손으로 짠 비단을 가지고 제 손으로 지은 관복이옵니다."

"허어! 만일 그렇다면 자부는 실로 무쌍한 재주로군."

위공이 칭찬을 한 다음 흉배를 보니, 관대의 흉배가 무색해서
다른 흉배를 사 오라고 했다.

하지만 상서의 작품에 맞는 흉배는 이곳에서 사기 어려우므
로, 그것을 구색하려면 출발이 늦어질까 염려된다고 부인이 말
하는 것을 숙향이 듣고 여쭈었다.

"상서 적품은 어떤 흉배를 답니까?"

"상서는 일품이며, 쌍학을 붙이신다."

부인의 말에, 숙향이 말했다.

"제가 약간 수를 놓을 줄 아오니 해 볼까 하옵니다."

그러자 부인이 말했다.

"흉배는 다른 수와 달라서 아무나 놓을 수 없을 뿐 아니라, 내일 상경하시는데 네 재주가 비록 능하더라도 어찌 하룻밤 사이에 될 수 있겠느냐. 아예 그런 생각도 말라."

침소로 돌아온 숙향은 밤을 새워 쌍학의 수를 놓아서 이튿날 아침에 갖다 바쳤다.

그러자 위공 부부가 자부는 진실로 신통한 재주를 가졌다고 애중해 마지않았다.

위공이 상경하니, 황제가 인견하시고 정사를 의논하시다가 상서의 관복과 흉배가 매우 훌륭한 것을 보고 하문하셨다.

"경의 관복과 흉배는 어디서 구하였소?"

"신의 며느리가 지은 수품이옵니다."

그러자 황제가 의외의 말로 물었다.

"경의 아들이 죽었소?"

"살아 있사옵니다."

"허어! 그런데 경의 관복을 보니 하늘의 은하수 문채요, 흉배는 바다 가운데서 짝을 잃은 학의 외로운 형상이니, 아들이 살아 있으면 어찌 이러하오."

위공이 황제 앞에 엎드려서 아들 선이 며느리 숙향을 만나던 일을 아뢰었다.

"허허! 그 자부의 경력과 재주가 희한하오. 경의 충성이 지극하매 하늘이 현부를 주어 복을 도우심이 분명하오."

그러고는 비단 백 필을 하사하셨다.

위공이 은혜에 감사하면서 부중(府中)으로 돌아와 황제의 하교를 전하고, 황제의 상사품은 전부 자부 숙향에게 주었다.

숙향은 부중으로 온 뒤에 일신이 안한(安閑)하게 되자 용모가 더욱 고와져 갔고, 위공 부부의 며느리에 대한 사랑은 날로 더해 갔다.

그러나 서울 태학에서 공부하는 선은 숙향의 소식을 듣지 못하자 심신이 울울하여 회포를 안정치 못했으며, 마음대로 고향으로 돌아가지 못하니 주야를 탄식으로 보냈다.

그러던 차에 하루는 태학의 관원들이 황제께 상소하여 아뢰었다.

"근간에 길조의 태을성이 장안에 비치었으니, 과거를 보여서 인재를 잃지 마옵소서."

황제가 이를 옳다 하며 윤허하자, 곧 택일하여 과거를 시행했다. 이때 선이 과장에 나가서 평생의 재주를 다하여 글을 지으니 장원 급제로 뽑혔다.

이 순간에 선의 명성을 천하에 떨쳤으니, 풍채가 당당하고 기질이 현양하여 만인 중에서 돋보였다.

황제가 인견하시고 대경기애(大驚奇愛)하며, 즉시 한림학사로 제수했다.

학사가 된 선은 사은하고 고향으로 사당에 분향 보고하러 돌아가는 도중에 낙양 이화정에 이르렀다.

그곳에서 숙향의 거처를 찾았으나 사람은 고사하고 꼬리치고 반겨하던 삽살개조차도 없는 적막한 빈 집이었다. 집안에는 일용의 기물이 하나도 없으므로, 분명히 도적이 들어서 숙향을 죽이고 간 줄 알고 심회가 통절하여 하늘을 우러러 탄식했다.

"숙향 낭자여, 나로 하여금 천만고초를 겪고 몸이 사망 지경에 이르러 유명 간에 어찌 원혼이 되지 않았으리요. 내 지금 과거에 장원하여 몸이 현달하였으나, 그대 없는 이 세상에 무엇이 귀하리요. 내 또한 그대의 뒤를 따라 죽어서 그대를 따르리라. 내 명이 또한 오래지 않으리라."

이렇게 슬퍼하다가 날이 서산에 떨어지매, 다시 정신을 진정하고 냉정히 생각하고 다짐했다.

'이제 여기서 울어도 부질없으니 부모께 보인 후, 숙향의 분묘를 찾아서 그 죽음을 본받아서 나의 의절을 표하리라.'

선이 눈물을 거두고 고향의 본집으로 돌아오자, 그의 양친은 한림학사가 되어 돌아온 아들을 보고 기뻐하고, 그 영화를 축하하는 상하의 화성이 낭자했다.

양친은 귀하게 된 아들의 손을 잡고 애중함을 이기지 못하는데, 학사는 숙향의 불행을 생각하는 마음이 간절하여 수색이 만면할 뿐이었다.

부친 위공이 이상히 여기고 물었다.

"네가 소년등과하여 부모에게 영효(榮孝)와 일신의 영광이 극하고 가문의 경사가 극하거늘, 무슨 일로 수색을 만면에 띠고 있느냐?"

"저인들 영친지도(榮親之道)에 어찌 기쁘지 않으리이까. 먼 행로에 일신이 피로하와 자연 그러하옵니다."

하고, 아무런 다른 이유가 없는 듯이 대답했다.

위공 부부는 아들이 자부 숙향이 죽은 줄 알고 그런다고 짐작하고 모친이 안심시키려고 말했다.

"네가 취한 숙향은 우리 집의 현부다. 네 뜻을 알고 데려다가 지금 부중에 두고 있으니 근심하지 말라."

그러나 학사는 믿지 못하여 손을 모아 송구스러워하면서 말했다.

"장부가 어찌 천부 때문에 미우(眉宇)를 찌푸리겠습니까. 도중의 풍한촉상으로 몸이 불편할 따름이옵니다."

선은 겉으로는 의젓하게 대답했지만 속으로는 숙향이 집에 와 있도록 부모가 허락하였다는 말에 마음이 든든했다.

위공의 부인이 시녀에게 숙향을 데려오도록 이르자, 잠시 후 숙향이 안에서 나와 서로 상면하게 되었다.

반신반의하던 학사는 눈으로 분명히 숙향을 보고는 반가움을 이기지 못하여 손발 둘 곳을 몰라하며 미칠 듯이 기뻐했다.

숙향이 먼저 낮은 음성으로 말했다.

"일찍 청운의 뜻을 품으시고, 이제 영광이 비할 데 없으니 치하하옵니다."

"요행히 득의하니 가문의 경사요, 그대를 위하여 조운모월(朝雲暮月)에 간장을 태우다 이번에 오는 길에 이화정에 들렀는데, 인적은 물론 그 귀엽던 개조차 없어서 비창한 마음을 금하지 못하였더니, 이제 집에서 서로 만나니 무슨 한이 있겠소."

"먼 길에 피로하셨으며, 양친께서 편히 쉬라 하시온즉 잠시 침소로 가시면 하옵니다."

선이 기쁘게 숙향의 옥 같은 손을 잡고 봉루당으로 가서 피차 사모하던 정을 달게 탐했다.

그리고 마고할미의 문상을 하고 숙향을 위로하자, 숙향이 말했다.

"할머니 생각을 비롯하여 지난 일을 생각하면 슬픈 회포가

첩첩하나, 오늘은 낭군을 모시고 즐기는 날이니 뒤에 두루 말씀 드리오리다."

이윽고 학사가 옷을 고쳐 입고 산부와 함께 정당으로 나오자, 위공 부부가 기쁨을 이기지 못하여 칭찬하고 상하가 모두 치하하여 마지않았다.

이튿날 친척과 근처의 사람을 초청하여 성대한 잔치를 베풀었으며, 다음 날에는 여복야부중(呂僕射府中)에서 또 잔치를 하였다.

부인이 기뻐서 여러 문중의 부인들을 청하여 즐기면서 숙향 낭자의 모든 기이한 비밀을 좌중에 설파하여 기특히 여기고 또 가엾게 여겼으나, 그것은 모두 축복하는 칭찬의 말이었다.

하루는 학사가 부친 상서에게 문안하자, 아들에게 은근히 중대한 문제를 꺼냈다.

"자부를 슬하에 두고 보니 백사가 영리하여 자못 사랑스러우나, 그 집안의 내력을 모르는 탓으로 남들이 미천한 여자를 취하였다고 시비하는 듯하여 마음이 편치 못하구나. 그리고 전자에 양왕이 너에게 구혼하기에 내가 허하였으나, 네가 현부를 택했으므로 중지하지 않았느냐. 이제 너는 입신하였으므로 이실(二室)을 거느려도 좋게 되었으니, 양왕의 구혼을 다시 성취시켜 보려 하는데 네 생각은 어떠냐?"

"이 문제는 제가 알아서 좋도록 하겠으니 염려 마십시오."

선은 이내 행장을 차리고, 나라에 바친 몸이매 슬하를 떠나지 않을 수 없음을 아뢰며 하직 인사를 했다. 그리고 침소로 가서 아내 숙향에게 이별을 고하며 말했다.

"그대를 위하여 여러 해 마음을 상하고, 이제 서로 만나서 자리가 덥지도 못해서 또 떠나게 되니 심정이 울울하오. 그러나 사세가 마지못하여 상경하니, 그대는 부모 봉양을 극진히 하여 내가 바라는 바를 저버리지 말아 주오."

"남아가 입신하면 사군(仕君)의 일은 크고, 사친(事親)의 일은 작다 합니다. 양친 봉양은 제가 스스로 하겠습니다. 군자는 갈충보국(竭忠報國)하사 유방백세(流芳百世)할 따름이니 어찌 아녀자에게 겸연하여 일신 영위와 문호 경사를 돌아보지 아니하겠습니까?"

*

이때 형주 땅에 흉년에 이르니 백성이 기근을 이기지 못하고 도적이 되어 난을 일으켰다. 이에 황제가 근심하여 현사를 구하라 하였다.

학사가 말하였다.

"수령이 어질지 못하고 백성을 다스리지 아니하면 인심이 나빠져 난이 잦습니다. 이에 비록 소인은 재주가 없사오나 형주에서 백성을 구하여 성상의 근심을 덜고자 하옵니다."

황제가 매우 기뻐하며 즉시 이선을 형주 좌사로 임명하셨다.

이선이 하직하고 집으로 돌아오니, 부모가 반겼다.

"옛글에 '충성은 목숨을 다해야 한다.'고 하였느니라. 마땅히 백성을 사랑하고 정사를 부지런히 하여 인군이 바라시는 뜻을 저버리지 말라."

"이번에 제가 떠나는 것은 위로는 백성을 다스리고, 아래로는 양왕의 구혼을 거절하고자 하는 것입니다."

이선은 봉루당에 가 부인과 작별하며 말했다.

"나는 나라에서 허하여 형주 땅에 부임하니 부인도 뒤따라오시오."

"첩이 내려가면 가는 길에 은혜 갚을 곳이 많으니 어찌하겠습니까?"

"부인 마음 가는 대로 하시오."

이선은 형주 땅에 부임하고 여러 관속을 조사하였다. 사람의 얼굴을 보고 선악을 밝히고, 상벌을 고르게 하며, 창곡을 열어 어지러운 백성을 구하니 도적들이 말했다.

"나라에서 보낸 사람 때문에 우리가 다 죽게 생겼네. 이를 어찌하나?"

이에 이선이 어진 말씀으로 교육하여 일신하니 도적들이 감응하여 스스로 죄를 고하고 물러가 농업에 힘썼다.

이때 이 상서가 서울에 다녀온 뒤 숙향을 불러서 말했다.

"형주 땅에 도적이 많다기에 선이 떠난 것을 염려하였더니 이제 들으매 선이 도적들을 잘 다스려 선량한 백성이 되게 하였다. 그러니 너는 선을 찾아가 심사를 위로해 주어라."

숙향은 행리를 떠나기 전에 마고할미 무덤에 제물을 차려 제사 지냈다. 삽살개가 제사상 위에 차려 놓은 음식을 먹을 때 숙향이 등을 어루만지며 말했다.

"네 비록 짐승이나 내 너 아니면 벌써 죽었으리니 은혜를 무엇으로 갚으리오."

슬픔을 금치 못하니, 삽살개가 발로 땅을 파 놓기에 자세히 보니 글자였다.

슬프다. 인연이 다하니 나는 여기서 이별하리다.

숙향이 일렀다.

"내 너와 함께 고초를 겪으며 함께 지내 왔는데, 떠난다니 슬프구나. 네 은혜를 어찌 다 갚을 수 있을까?"

삼살개가 마고할미의 무덤을 가리키며 숙향에게 두 번 절하고, 크게 한 번 우니 소리가 우레 같았다. 그때 갑자기 문득 검은 구름이 삼살개를 두르더니 잠시 후 구름이 걷히자 개는 온데간데없이 사라졌다.

숙향은 슬퍼하며 말했다.

"과연 비상한 짐승이로다."

그러고는 삼살개가 앉았던 곳에 의복과 관곽을 갖추어 묻고 제문을 지어 제사 지냈다.

숙향은 집으로 돌아와 상서 부부께 하직하고 길을 떠났다. 숙향이 가는 길에 형주에서 온 하인에게 분부하여 말하기를,

"내가 지나는 곳에 제사할 데가 많으니 지나는 곳마다 지명을 아뢰라."

숙향 부인이 길을 떠난 지 여러 날이 지나 노전에 이르렀다. 숙향이 화덕진군을 생각하며 제문을 지어 제사 지내니, 술잔에 부은 술이 사라지고 계란만한 구슬이 담겨 있었다. 숙향이 이를 거두어 간수하고 떠났다.

어느 한 곳에 이르러 숙향 부인이 지명을 물었다.

"이 물이 표진강인가?"

"이 물은 양진강으로 표진강과 연결되었나이다. 멀기는 천여

리나 되옵니다."

"수로로 가는 것은 어떠한가?"

"표진강으로 가려 하오면 강 길이 험하오니 여기를 건너서 육로로 가는 것이 마땅하옵니다."

숙향 부인은 서운한 마음으로 배를 타고 떠났다. 그때 문득 광풍이 불어, 사공은 노를 젓지 못하고 배가 정처 없이 움직이도록 내버려 두었다. 이윽고 바람이 잘고 물결이 잔잔하거늘, 지명을 물으니 표진강이라고 하였다. 사람들이 양진강에서 표진강이 천여 리나 되는데 어찌 하루 만에 왔는고 하며 기이하게 여겼다.

그때 청아한 옥피리 소리가 나서 그쪽을 바라보니 소녀 둘이 연꽃으로 만든 배를 타고 노래를 불렀다.

지난해 오늘 이 물에서 숙향 낭자를 만나더니
금년 오늘 숙향 부인을 만나도다.

숙향 부인이 누구인가 물으니 묻지 말라 하고 지나갔는데 간 곳이 없었다. 사람들이 기갈을 이기지 못하여 숙향 부인이 쌀을 씻어 솥에 담고 노전에서 얻은 구슬을 담아 두니 쌀이 절로 익어 밥이 되었다. 양이 많아 못다 먹고 사례하며 부인을 신인이

128

라 하였다.

숙향 부인은 장 승상 댁에서 하룻밤을 머물고자 하여 하인을 고을로 보내 그 뜻을 전한 후 장 승상 댁으로 갔다. 장 승상 부부는 좌사 부인이 온다는 말을 듣고 영춘당에 비단 자리를 마련하여 그리로 모셨다. 장 승상 부인은 시녀로 하여금 숙향 부인께 이렇게 전하라고 하였다.

"존귀하신 행차께서 이처럼 누추한 곳에 들르시니 감격스럽습니다. 바로 뵈어야 할 터이나 마침 오늘 저희 집안에 제사가 있어 내일 인사를 올릴까 하옵니다."

이에 좌사 부인이 말했다.

"마침 지나는 길에 불쑥 찾아왔으니 미안합니다. 내일 만나이야기 나누겠습니다."

날이 밝자 장 승상 부인이 잔치를 베풀었다.

좌사 부인이 말했다.

"지나는 길에 몸이 피곤하기로 잠시 쉬어가려고 이곳에 숙소를 정했습니다. 덕분에 좋은 경치도 구경하고 잘 쉬었습니다. 부인께서 이렇게 후하게 대접해 주시니 지극히 감사하옵니다."

장 승상 부인이 물었다.

"부인의 나이가 어떻게 되셨는지요?"

"스무 살입니다."

이에 장 승상 부인이 눈물을 지었다. 좌사 부인이 물었다.

"무슨 사연이기에 이리도 슬퍼하십니까?"

"저는 전생의 죄가 무거워 자식이 없었답니다. 늦게 양녀를 하나 두었는데 그 나이가 부인과 같지요. 그 아이를 생각하니 슬픕니다."

이때 까치 한 마리가 날아와 울었다. 좌사 부인이 말했다.

"저 까치가 울어 숙향을 죽게 하더니, 이제 무슨 일이 있으려고 저렇게 운단 말인가?"

"부인이 어찌 숙향을 아십니까?"

"어떤 이가 족자를 팔았는데, 제목을 '숙향'이라 하여 알고 있었습니다."

"그 족자를 볼 수 있겠습니까?"

좌사 부인이 시녀에게 족자를 가져오라 하여서 장 승상 부인에게 보여 주었다. 족자 안에는 숙향이 여태껏 고생한 일들이 그려져 있었다. 족자를 본 장 승상 부인이 방성대곡하니 좌사 부인이 위로하였다.

"이토록 슬퍼하시니 도리어 죄송합니다."

이윽고 장 승상 부인은 그동안 숙향이 겪은 일들을 자세히 들려주었다.

좌사 부인이 말했다.

"친자식도 아닌 남의 자식인데 어찌 이처럼 슬퍼하십니까?"

장 승상 부인이 부탁하였다.

"그 족자를 파시옵소서. 숙향이 살았으면 주려고 남겨 둔 황금과 채단을 드릴 것이니 그 족자를 주옵소서."

좌사 부인이 말하였다.

"숙향의 초상화를 한 번 볼 수 있을지요?"

"제 침소에 걸어 두었으니 들어가 보소서."

좌사 부인이 들어가니 과연 자기 아이적 모양이 다름없는지라. 그 그림은 비단 휘장을 둘러 보관하였으며, 화상을 벽상에 걸고, 온갖 음식을 차려 놓았다.

좌사 부인이 감격을 이기지 못하여 말했다.

"부인이 숙향을 저렇게 못 잊어 하시니 제가 비록 곱지 못하오나 숙향 낭자와 닮았는지 보소서."

좌사 부인이 휘장을 걷고 화상 곁에 섰다. 이를 본 시녀들이 모두 놀라며 말했다.

"초상화가 변하여 부인이 되었거나 부인이 변하여 초상화가 된 듯합니다."

장 승상 부인은 눈물만 흘리고 슬퍼하는지라 좌사 부인이 그제야 부인께 절하고 말했다.

"제가 과연 숙향이옵니다. 가군이 형주 좌사로 도임하매 저도

임소에 가는지라 부인께 뵈옵고 은혜를 사례하고자 이르렀더니 부인이 저를 잊지 아니하여 이렇듯 안타까워하시니 그 은혜는 차세에 다 갚지 못할 것입니다."

장 승상 부인은 좌사 부인의 말을 듣고 꿈인지 생시인지 분간하지 못하였다. 숙향은 자기 침소를 가리키며 말했다.

"제가 이 집을 나갈 때 혈서를 썼는데 보셨습니까?"

장 승상 부인이 그제야 깨닫고 통곡하며 말하였다.

"내 딸 숙향아! 이렇게 다시 만나게 될 줄 어찌 알았겠느냐."

숙향은 장 승상 부인에게 선녀를 만나 목숨을 구하고, 화덕진군의 도움으로 살아났으며, 천태산 마고선녀를 만난 사연을 애기했다. 이때 장 승상이 미처 신도 신지 못하고 들어와 통곡했다. 장 승상 부인이 눈물을 머금고 위로하였다.

"너무 슬퍼하지 마세요. 오늘은 같이 즐깁시다."

그러고는 즉시 시녀에게 명하여 삼일 동안 잔치를 하여 크게 즐겼다. 이 잔치에 참석한 사람들이 이들을 칭찬하여 말했다.

"승상이 자녀가 없어 한이더니, 자식 있는 사람이라도 이보다 더한 영화를 누릴 수 있을까?"

좌사 부인이 여러 날을 즐기다가 장 승상 부부께 하직 인사를 하며 말했다.

"형주가 멀지 아니하니 좌사에게 고하고 곧 거마를 차려오겠습니다."

승상 부처는 새로운 이별에 또 슬퍼하였다.

좌사 부인은 장사 땅을 지나가다가 어떤 곳에 이르렀다. 그곳에는 사슴과 원숭이와 황새, 파랑새가 무리 지어 사람들을 피하지 않고 서 있었다. 이를 본 하인들이 쇠뇌로 잡으려 하였다.

이를 보고 좌사 부인이 말리며 말하였다.

"짐승이 사람을 피하지 아니하니 쇠뇌를 쏘아 잡지 말라."

좌사 부인은 장사 본관에게 분부하여 쌀 다섯 섬을 가져다가 밥을 지어 정성껏 차려 놓고 말했다.

"내가 죽을 지경일 때 너희가 없었더라면 이미 죽은 몸이니라. 너희 은혜를 언제 다 갚으리오?"

좌사 부인이 음식을 다 차려 놓자 짐승들이 일제히 밥을 먹고 다 흩어졌다.

좌사 부인은 생각하였다.

'이제 거의 은혜를 다 갚았으나 다만 부모를 만나지 못함이 한이로다.'

좌사 부인이 다시 길을 떠나 한 곳에 다다르니 한 하인이 아뢰었다.

"이곳은 계양땅이옵니다."

좌사 부인은 매우 기뻐하였다.

"할머니와 이별할 때 계양 태수 김전이 나의 부친이라 하였는데, 이제야 여기에 이르러 부친을 만나는구나."

좌사 부인의 행차가 계양에 가까이 다다르자 계양 태수가 나와 영접하거늘 부인이 그 성명을 물으니 '유도'라고 하였다. 좌사 부인은 크게 놀라 하인에게 물었다.

"내 전에 들으니 태수는 '김전'이라 하였거늘, 성명이 다르니 다른 계양이 있는가?"

"이 땅 백성의 말을 들으니, 태수 김전이 백성을 어질게 다스리기로 벼슬이 승급되어 양양 태수로 옮겨 가셨다고 하옵니다."

좌사 부인이 서운해하며 물었다.

"여기서 양양이 얼마나 걸리는가?"

"삼백 리입니다."

"그렇다면 형주로 가는 길에 있느냐?"

"그리 가면 많이 돌아서 가야 합니다."

좌사 부인은 그리로 가고 싶었지만, 하인들에게 폐를 끼칠 것 같아 고민하였다.

*

　김전은 낭양 수령으로 있을 때 숙향을 죽이라는 위공의 명을 어기는 바람에 계양으로 좌천되었다.

　이선은 좌사가 되어 각 읍을 순행하면서 수령들을 살펴 파직을 시키거나 벼슬을 올려 주었는데, 김전은 백성을 잘 다스려 양양 태수로 승진시켰다. 양양은 형주 다음으로 큰 고을이라 그 고을 태수의 위엄과 행차는 좌사와 다르지 않았다.

　하루는 김전이 좌사를 보고 돌아오다가 반야 물가에 이르렀다. 한 노인이 바위 위에 누워 있어 하인들이 그를 잡아 내리려 했다. 이에 태수가 보니 범인이 아니라 하인을 물리치고 직접 나아갔다. 그런데 노인은 본 체도 아니하였다. 이에 태수가 의아하게 생각하였다.

　'내 벼슬이 높고 삼천 병마를 거느렸으니 심상한 사람이면 두려워할 것이다. 그러나 이 노인은 이렇듯 거만하니 비상한 사람이로다. 어떻게 되는지 지켜보리라.'

　태수가 예의를 갖추어 인사를 올리니, 노인이 알은 체도 아니하고 한 발을 들어 자기 다리 위에 얹고 팔을 베고 말했다.

　"네 길이나 갈 것이지 나더러 절하라고 하더냐?"

　"지나가다가 어르신께 공경을 표하려 절을 하였습니다."

"네 나를 공경한다면 멀리서 절 하면 그만이다. 네 사위 덕으로 좋은 벼슬을 하게 되었다고 어른을 능멸하는 것이냐?"

"노인을 공경하여 한 행동을 가지고 사위의 덕에 벼슬하였다 하시니 믿을 수 없습니다. 내 본대 자녀가 없으니 어찌 사위가 있겠습니까?"

"네가 자식이 없다면 숙향은 하늘에서 떨어지고 땅에서 솟았느냐?"

김전이 숙향 두 자를 듣고 다시 말하였다.

"제가 실수하였습니다. 죄를 사하소서."

노인은 그제야 화를 풀었다. 이에 김전이 다시 말했다.

"제가 전생의 죄악이 중하여 자식이 없다가 늦게야 숙향을 얻어 장중보옥같이 사랑하다가 난리 중에 이별하고 지금까지 존망을 모르니 숙향이 간 곳을 아시거든 가르쳐 주십시오."

"숙향이 있는 곳을 알지만 배가 고프니 말하기가 싫도다."

김전은 노인에게 다과를 내어주고 다시 청하였다. 그러나 양이 부족하여 김전은 하인에게 음식을 가지고 오라고 일렀다. 그러자 노인이 말했다.

"하인이 가져오면 하인의 정성일 뿐이다. 지금 하인에게 자식 간 곳을 물으려 하는 것이냐?"

김전은 그 말을 듣고 친히 주점에 가서 술과 안주를 갖다 주었다. 노인은 사양하지 않고 다 먹었다. 김전은 그제야 숙향의 거처를 물었다.

"내가 술이 취하였으니 진정 알고자 하거든 데려온 하인을 다 보내고 너만 떨어져 가라."

이에 김전은 하인을 보내고 홀로 서 있었다. 그때 문득 비가 급하게 내려 김전의 허리까지 물이 넘쳤다. 그래도 김전은 움직이지 않고 서 있었다.

비가 그친 후에는 강풍이 일어나며 눈이 내리더니 김전의 옷을 적셨다. 그래도 김전은 움직이지 아니하고 서 있었다.

노인은 그제야 잠을 깨고 말했다.

"그대의 하는 양을 보니 과연 정성이 지극하도다."

그러고는 소매에서 붉은 부채를 꺼내어 공을 향하여 부치니 눈이 다 녹고 여름이 되었다. 김전은 다시 절하고 숙향이 간 곳을 물었다.

"숙향이 여러 곳에 갔으니 네 능히 찾을 수 있겠느냐?"

"아무려나 가르쳐 주시면 몸이 다 닳도록 찾아보겠습니다."

"반야산 바위틈에 도둑이 업어 데리고 갔느니라."

"그러면 도적의 집은 어디 있습니까?"

"도적이 마을에 두고 가니 황새와 파랑새가 데려 가고 또 후토 부인이 데려갔으니 거기에 가서 물어보라."

"그러면 벌써 죽었습니까?"

"후토 부인이 사슴에 태워 장 승상 집 동산에 두고 갔다고 하더라. 그 집이 무자하여 양녀를 기른다 하니 그곳에 가서 물어보라.

"그리로 가면 찾을 수 있습니까?"

"내 또 들으니 그 집 시녀 사향이 숙향을 모해하여 내치니 갈 곳이 없어 표진강 용궁으로 가려 하여 물에 빠졌느니라."

김전이 놀라서 말했다.

"그러면 벌써 죽었소이다. 육지 같으면 찾으려 하오나 용궁은 수부라 어찌 찾을 수 있겠습니까?"

"또 들으니 연밥을 따는 아이 둘이 구하여 육지에 내려놓으니 길을 잘못 들어 노전에서 불타 죽었다고 하더라. 그 말이 옳으면 그곳은 육지이니 백골이나 찾아가거라."

"백골이 지금까지 남았을 리 없고 또 화중 귀신이 되었으면 스러져 재가 되었으리니 혼백인들 어디 가 있겠습니까?"

"화덕진군이 구하여 냈으나 의복이 타고 앞을 가리지 못하여 나무 밑에 숨었다가 마고할미가 데려갔다고 하니 거기 가서 자세히 찾아보라."

"마고할미 있는 곳을 자세히 가르쳐 주소서."

"내 들으니 인가에 두었다 하더라."

"하늘 아래는 다 인가라 어디를 가겠습니까? 지명을 자세히 알려 주시면 찾을 것입니다."

"그대, 자식을 찾으려 하는 것은 무슨 까닭인가."

"난리 중에 이별하여 서로 만나지 못하다가 천행으로 선생을 만났으니 종적을 자세히 가르쳐 주실 것을 바라나이다."

노인이 인상을 찌푸리며 말했다.

"네가 숙향을 저리 못 잊을진대 반야산에는 왜 버리고 갔으며 낙양 옥중에 갔을 때는 어째서 찾지 않았느냐?"

"반야산에서는 도적에게 쫓겨 다 죽게 되었으매 마지못하여 버렸나이다. 옥중에서는 숙향의 이름과 나이는 같으나 인간의 무지한 눈이 아득하여 깨닫지 못하였나이다."

그제야 노인이 웃으며 말했다.

"이는 그대의 잘못이 아니라 하늘이 정하신 것이니 어찌 인력으로 바꿀 수 있으랴. 나는 이 물을 지키는 용왕이다. 예전에 내 자식이 거북이가 되어 물 밖에 나가 놀다가 어부에게 붙잡혀 거의 죽게 되었는데 그대의 힘을 입어 살아났다. 이에 그대의 은혜를 갚고자 하여 옥황상제께 자세히 이르고 그대를 기다렸다. 만약 그대의 정성이 없었다면 숙향을 끝내 보지 못하였을 것이다. 숙향은 다섯 번이나 죽을 고비를 넘기고 이제는 귀한 몸이 되었느니라. 조만간 형주 좌사 부인이 되어 만날 일이 있을 것이다. 이제 숙향을 만나 내가 들려준 말과 같거든 그대의 자식인 줄 알라."

김전이 기뻐하여 두 번 절하며 말했다.

"노선의 가르치심을 받자오니 좌사 부인이 숙향이라는 말씀입니까?"

노인이 말했다.

"자연히 알 때가 있으리니 어찌 천기를 누설하리오."

문득 노인이 간 데 없거늘, 김전은 마치 춘몽을 꾼 듯하였다. 김전이 집으로 돌아와 부인에게 용왕의 말을 전하였더니, 부인이 슬픔을 금치 못하며 말했다.

"우리 생전에 숙향을 만나 보면 무슨 여한이 있겠습니까? 그런데 이제 좌사 부인이 되어 돌아온다고 하니 어찌 우리 자식이라 하고 찾을 수 있겠습니까?"

*

좌사 부인은 양양에 가고 싶으나 상황이 난처하여 고민하였다. 밤이 되고 달이 뜨자 마고할미가 나타나 말했다.

"이번에 부모를 찾지 못하면 십 년 후에야 만나리니 부디 시간을 허송치 마소서."

좌사 부인이 크게 반겨 다시 묻고자 하니 마고할미가 문득 간데 없었다.

다음날 좌사 부인이 하인에게 분부하여 양양으로 갔다. 좌사 부인이 양양 땅에 이르자 그곳의 태수 김전이 부인 장 씨에게 말하였다.

"좌사 부인이 이 길로 돌아가는 것을 보니 반하 용왕의 말이 맞는가 보오. 숙향이 좌사 부인이 되어 오리라 하더니 숙향이 우리를 보려고 하는 것 아니겠소?"

"우리 꿈이 반드시 기쁜 일이 있으리라 하시더이다. 하인을 보내어 부인의 근본을 확인해 보소서."

장 씨 부인은 종을 보내어 좌사 부인에 대한 소식을 알아 오라고 했다. 그런데 좌사 부인이 장 승상의 딸이라고 하자 김전 부부는 서운하였다. 좌사 부인이 가까이 온다 하니 장 씨 부인이 놀랍고 반가운 마음에 중도에서 구경하였다. 갑옷을 입은 군사들과 칠보로 단장한 시녀들이 좌우에서 옹위하였다. 이때 좌사 부인이 금덩을 타고 들어왔다. 장 씨 부인이 울면서 말했다.

"어떤 사람의 자식이 저리 귀하게 되었는고? 숙향도 살아 있다면 행여 저리 될까?"

좌사 부인은 객사에 들며 장 씨 부인에게 말을 전했다.

"전에 뵌 적은 없사오나 같은 여자로서 서로 봐도 무방하오니 달밤이 심심하오면 말씀이나 나누시지요."

"제가 먼저 문안할 것이온데 지극히 감사합니다."

장 씨 부인이 즉시 답하며 나오니, 좌사 부인이 화관을 쓰고 칠보단장한 교의에 앉았고, 백여 명의 시녀가 차례로 서 있어 향내가 진동하였다. 좌사 부인이 교의에서 내려 장 씨 부인을 주홍 교의의 자리에 청하였다. 장 씨 부인이 사양했다.

"일개 수령의 아내가 감히 좌사 부인과 대좌하겠습니까?"

좌사 부인이 말하였다.

"주객이 되어 어찌 벼슬 차례를 가리며, 나이가 위이신데 어찌 겸손하십니까?"

장 씨 부인은 그제야 교의에 앉았다.

"부인은 나이가 어떻게 되십니까?"

"스무 살입니다."

그 말을 듣고 장 씨 부인이 눈물을 줄줄 흘리자 좌사 부인이 물었다.

"어찌 나이를 묻고서는 이다지 슬퍼하십니까?"

"제게도 딸이 하나 있었는데 난리에 잃어 주야로 슬퍼하고 있습니다."

좌사 부인은 이 말에 반가움과 슬픔이 겹쳐 눈물을 흘렸다.

"저도 난리 중에 부모를 잃고 이제까지 만나지 못하였습니다. 부인이 이런 말씀을 하시니 저희 부모가 저를 생각하시는 것이 또한 이러하실 것이니 그 그리움을 어찌 참고 견디겠습니까?"

"부인은 부모를 잃고 누구 집에서 성장하셨는지요? 원컨대 듣고자 하나이다."

좌사 부인이 한숨을 지으며 말하였다.

"다섯 살 때 부모를 잃어 일일이 기록하지 못하였사오나 그때 사슴이 업어다가 남군땅 장 승상 집 동산에 두어 승상 부부가 거두어 십 년을 양육하였사옵니다."

좌사 부인의 말이 김전이 용왕에게 들었던 이야기와 비슷하자 반가운 마음에 자리를 가까이하며 말하였다.

"제가 부인의 회포와 비슷하니 피차에 슬픈 심사를 위로하사이다."

그러고는 잔을 잡아 좌사 부인에게 권하니 좌사 부인이 잔을 잡을 때 손에 옥지환 한 짝을 끼고 있었다. 장 씨 부인이 보니 숙향과 이별할 때 채워 준 지환과 같아 물어보았다.

"부인은 어디서 그 옥지환을 얻으셨습니까?"

"제가 부모와 이별할 때 어머니께서 제 옷고름에 채운 것입니다. 그래서 부모를 보듯이 항상 손에 끼고 있습니다."

장 씨 부인은 그제야 정녕 숙향인 줄 알았으나 반가운 마음을 잠시 접어 두고 시녀에게 명하여 집에 가서 옥지환이 든 상자를 가져오라 일렀다. 마침내 옥지환 한 짝을 내어놓고 눈물을 흘리며 말하였다.

"태수께서 젊은 시절에 반하 용왕의 자식을 구하였는데 그 거북이 진주들을 주었습니다. 그 진주 속에 은은한 글자가 있었는데 하나는 목숨 수, 하나는 복 복 자였습니다. 태수께서 제게 주셨는지라 옥지환을 만들어 지니고 있었습니다. 늦게야 딸을 하나 낳았는데 그 아이가 태어나던 날은 오색구름이 집을 둘러싸고 기이한 향기가 풍겼습니다. 아이의 이름을 숙향이라 하고 행여 단명할까 염려하여 생년월일과 시를 써 금낭에 넣어 두었습니다. 그런데 딸이 다섯 살 되던 해에 반란이 일어나 피란할 때 반야산에 이르러 도적을 피하는 것이 급한지라 할 수 없이 아이를 바위틈에 두고 갔습니다. 그때 옥지환 한 짝을 아이의 옷고름에 매어 주고 잠깐 피하였다가 도적이 멀리 간 후에 다시 와 찾으니 딸의 종적이 없는지라 주야로 슬퍼하였습니다. 그러다가 가군이 길에서 한 노인을 만나 여차여차한 이야기를 들었는데 오늘 부인을 만나 우연히 옥지환을 보니 딸에게 채운 것과 똑같은지라 자연 슬픔을 억제하지 못하겠습니다."

그러면서 옥지환 한 짝을 내어놓았다. 좌사 부인이 보고는 자기 생년월일과 시를 써 넣은 금낭을 내어주며 대성통곡하고 혼절하였다. 장 씨 부인이 놀라 급히 붙들어 구호하며 거기에 적힌 것을 자세히 보니 태수의 글씨였다. 김전도 이 말을 듣고 한편으로는 기쁘고 한편으로는 슬퍼서 어찌할 바를 몰랐다.

좌사 부인이 좌사에게 사람을 보내 부모를 만난 이야기를 기별하였다. 좌사는 매우 기뻐하여 즉시 위의를 차려 양양으로 와 김전 부부를 보고 인사하였다. 그리고 형주땅 열읍 태수를 다 청하여 낙봉연(樂逢宴)을 여니 사람들이 모두 칭찬하였다.

황제께서 이 기별을 듣고 기특히 여겨 칭찬하였다.

"이선이 형주 좌사가 된 뒤 도적이 다 변하여 양민이 되었다. 선은 일도 좌사만 할 재목이 아니라 마땅히 천하를 다스릴 재주가 있다."

그러고는 이선을 예부 상서로, 김전을 형주 좌사로 봉하셨다.

이선은 김전에게 말하였다.

"천자가 내직을 제수하시니 서울에 올라가 황제께 장인어른도 내직을 받으시도록 품하여 속히 올라오시게 하겠습니다."

김전 부부는 숙향을 만난 지 여러 날이 되지 못하여 또 이별을 하게 되니 섭섭한 정을 이기지 못하였다.

숙향이 슬퍼하자, 김 좌사 부부는 위로하며 말하였다.

"우리가 이렇게 귀하게 된 것은 다 네 덕분이다. 너는 서울에 올라가 우리를 쉬이 서울로 올라갈 방법을 도모하여라."

"비록 벼슬이 귀하오나 부모를 모시고 한곳에서 늙음만 같지
못합니다."

숙향은 부모에게 하직 인사를 하고 서울로 떠났다.

이선은 서울에 도착하였으나 입궐을 하지 않고 수일이 지나
상소문을 올렸다.

"신에게 내려 주신 벼슬을 감히 받들 수 없으니 신의 벼슬을
바꾸어 주소서."

황제는 나라에 위공만한 이가 없으니 위공의 벼슬을 더 높여
위왕으로 봉하고, 김전은 병부 상서, 이선은 초국공 대승상을
제수하였다. 위왕 부자는 여러 번 사양하였으나 황제가 듣지 아
니하여 부득이 사은숙배하고 황제를 만나 뵈었다. 황제께서 숙
향을 만난 사연을 물으시어 이선이 전후사연을 일일이 고하니,
황제가 칭찬하시었다.

"이는 다 경의 넓은 덕이로다. 짐이 또 경의 덕을 입고자 하니
나라를 힘써 도우라."

이선이 감사의 인사를 올리고 남군땅에서 승상 벼슬을 하던
장송이 애매하게 벼슬을 오래 쉬었음을 알리니 황제가 장송에
게 우승상의 벼슬을 내렸다. 장 승상 부부는 즉시 상경하였다.
이선이 낙봉연을 열어 조정 신하들을 다 청하니 구름 같은 차일
은 반공에 높이 떠 있고 음악은 천지를 흔들었다.

이선은 위왕의 집과 이웃하여 장 승상, 김 상서 집을 짓고 각각 사이에 문을 두어 숙향이 양부모를 일체로 섬겼다.

*

양왕은 황제의 셋째 아우로 딸이 하나 있는데 용모와 재주가 빼어나고 시서에도 능통하였다. 양왕이 딸을 낳을 때 꿈을 꾸었는데 선관이 말하였다.

"이 아이는 봉래산 설중매이니 어여쁘게 기르라."

과연 그달부터 부인이 잉태하여 십 삭 만에 공주를 낳았다. 그래서 이름을 매향이라 하고 자를 봉래선이라 하였다.

매향이 점점 자라나며 비상하니 양왕은 더욱 사랑하고 소중하게 여겼다. 그래서 좋은 사위를 고르고자 애쓰던 중에 우연히 이선을 한 번 보고는 대현 군재인 줄 알고 구혼하였다. 위공도 허락하여 장차 길일을 택하고자 하던 중에 이선이 이미 다른 사람을 아내로 취하였음을 듣고는 크게 노하였다. 그래서 퇴혼하려 하자 공주가 말하였다.

"충신은 불사이군(不事二君)이오 열녀는 불경이부(不更二夫)라 합니다. 대인이 이미 이랑에게 허락하시고 이제 와서 다른

데로 구혼하려 하시니 소녀 차라리 불효를 끼쳐 몸을 마칠지언
정 결단코 타문에는 시집가지 아니하겠습니다."

양왕은 이 말을 듣고 깊이 생각한 뒤에 탄식하며 말하였다.

"내가 아들이 없고 다만 너뿐이라 어진 사위를 얻어 후사를
의탁하고자 했는데 이러한 상황이 되었으니 이는 늙은 아비가
박복한 탓이다."

양왕이 공주의 뜻을 돌리지 못할 줄 알고 근심하던 차에 이선
의 벼슬이 초공에 이른 것을 보고 왕비 최 부인에게 말하였다.

"이제 이랑의 벼슬이 초국공에 이르고 위인이 특출하니 매향
으로 그 둘째 부인을 삼게 하는 것이 어떻겠소?"

"당사자에게 물어보시지요."

공주를 불러 물어보니 공주가 대답하였다.

"타문에는 가지 아니하려 했으니 초공의 둘째 부인이 됨을 어
찌 욕되다 하오리까?"

"그러면 위왕과 다시 의논해 보겠다."

다음 날 양왕은 조회에 들어가 어전에서 위왕에게 말하였다.

"혼인을 이미 허락하시고는 타처로 이미 하셨으니 어찌된 것
입니까?"

위왕은 부끄러워하며 말하였다.

"제가 낯을 둘 곳이 없사옵니다. 평소에 선을 자식처럼 아끼

던 누님이 제가 서울에 올라온 사이에 선을 결혼시킨 줄 모르고 타문에 혼인 약속을 하였으니 실로 할 말이 없습니다."

황제께서 이 말을 들으시고 양왕에게 말씀하셨다.

"이선의 일은 나도 아는 바로 위왕의 불민함이 아니라 하늘에서 정한 것이다. 그러니 다른 데 구혼하는 것이 좋겠다."

양왕이 아뢰었다.

"지당하신 말씀이시나 신의 딸이 구중에서 늙을지언정 타문을 밟지 않으려 하오니 민망하옵니다."

황제께서 칭찬하시며 말씀하셨다.

"여식의 정절이 결코 열녀들에 뒤지지 아니하는도다. 이제 선의 벼슬이 족히 두 부인을 둘 수 있으니 경의 뜻은 어떠하오?"

양왕이 황제의 뜻을 받들자, 위왕은 공손히 엎드려 아뢰었다.

"양왕의 여식은 금지옥엽이라 선의 둘째 부인이 되는 것이 불가하올지나 어찌 황제의 뜻을 어기겠습니까?"

황제가 말씀하셨다.

"내가 이제 이선을 불러 결단하리라."

황제가 이선을 부르시니 초공이 양왕의 혼사 때문인 줄 알고 칭병하여 조현치 아니하였다. 그러자 숙향 부인이 물었다.

"황제께서 부르시거늘 어찌 칭병하십니까?"

"양왕의 혼사 일이신고로 칭병하는 것입니다."

숙향 부인이 정색하며 말하였다.

"공이 비록 저를 위하시는 것이겠으나 신자의 도리에는 불가합니다."

"기망함이 불가한 줄은 아나 어전에서 혼인을 거부하면 죄를 면치 못할 것입니다. 만일 그 여자를 위하여 혼인한다면 부인의 괴로움이 적지 않을 것이오. 더구나 국척이라 위세를 빙자하여 집안에 불란을 일으킨다면 황송하지만 지금 거절하는 것이 낫습니다."

"불가한 것이 두 가지니, 하나는 군명을 거역하는 것은 신하의 도리가 아니요, 둘은 그 여자가 타문에 출가치 아니하고 백년을 독수공방하오면 그 원한은 대장부가 당할 바가 아닙니다."

이선이 끝내 듣지 않으니 사관이 돌아와 그대로 고하였다. 황제께서 양왕에게 이선의 유병함을 전하시니 양왕이 초공의 청탁함을 짐작하고 분하게 생각하였다.

*

이때 황태후가 병을 얻었는데 증세가 기이하여 귀먹고 말을 하지 못하며 보지 못하였다. 황제는 이를 우려하여 식음을 전폐하였다. 하루는 한 도사가 전상에 이르러 황제께 아뢰었다.

"저는 구름처럼 떠돌아다니는 도사이온데 들은즉, 황태후의 병환이 중하시다 하여 치료하고자 왔나이다. 이 병은 침약으로는 능히 고치지 못하리니 봉래산 개언초를 얻어야 말을 들을 것이며, 동해 용왕의 개안주를 얻어야 다시 만물을 볼 것이니, 가히 어진 신하를 보내어 구하옵소서."

그러고는 문득 간 데 없거늘 황제가 신기하게 여겨 신하를 모아 의논하였다. 이에 양왕이 말하였다.

"조정 신하 중 이선의 재주가 뛰어나오니 보냄직 하옵니다."

황제가 즉시 이선에게 말하였다.

"본디 경의 충성을 아는지라 수고를 아끼지 말고 약을 얻어 오너라. 약을 얻어 오면 마땅히 강산을 반분하여 은혜를 갚으리니 경은 사양하지 말지어다."

"신이 몸을 국가에 바치온데 수화(受禍)를 피하겠습니까? 사생을 돌아보지 않는 것이 신자의 직분이오니 충성을 다하여서 구해 오겠습니다. 그러나 봉래산은 동남쪽에 있고 동해는 수궁이오니 가히 돌아오는 시간을 정하지 못하겠사옵니다."

이선이 하직하고 집에 돌아오니 위왕과 장 승상, 김 상서가 다 죽은 사람같이 슬퍼하였다. 이선이 길이 바쁜 고로 하직하고 부인 처소에 돌아와 이별하며 말하였다.

"나의 길이 회환(回還)을 장담하지 못 할지라. 부인은 나를 위하여 부모를 지성으로 받들어 나의 바람을 저버리지 마소서."

숙향 부인이 말하였다.

"충성을 다하여 구하시면 하늘 또한 무심치 않을 것입니다. 저는 조금도 마음에 두지 마십시오. 다만 돌아오실 날을 정하지 못하오니 행로에 몸 관리를 잘 하시어 속히 돌아오시기를 비옵니다."

그러고는 옥지환 한 짝을 주며 말하였다.

"진주가 누렇거든 첩이 병든 줄 알고 검거든 죽은 줄 아소서."

"나 또한 표를 하겠소."

이선은 북창 밖에 선 동백나무를 가리키며 말하였다.

"저 나무가 울거든 내가 병든 줄 알고 가지가 무성하거든 내가 무사히 돌아오는 줄 아시오."

이선이 작별할 때 부인이 편지를 주며 말하였다.

"나와 함께 있던 마고할미는 천태산에서 약을 캐는 선녀입니다. 그를 찾아 이 글을 주십시오."

이선은 즉시 작별하고 남해로 향하였는데 십여 일 만에 큰바람을 만나 배가 물속에 침몰하였다. 그때 문득 물 가운데에서 한 짐승이 나오거늘 모두 보니 크기가 산 같고 눈이 뒤웅박만하여 광채가 불빛 같았다.

짐승이 소리 질러 말하였다.

"너희는 어떠한 사람이건대 이 땅을 지나면서 길세도 아니 내고 당돌히 그저 지나고자 하는가?"

이선이 대답하였다.

"나는 중국 병부 상서 이선입니다. 황태후의 환후가 중하시어 봉래산에 선약을 얻으러 가는 길입니다. 마침 귀한 지방을 지나니 잠깐 길을 빌리고자 합니다."

짐승이 말하였다.

"잡말 말고 가져가는 보배를 내어 길세를 주고 가라."

그러고는 배를 잡아 엎치려 하여, 이선이 빌며 말하였다.

"양식밖에 없습니다."

짐승이 성내며 흉악을 부리자, 이선이 애걸하며 말했다.

"배에 무엇을 달았기에 이렇게 흉악을 부립니까. 아무 것도 줄 것이 없습니다."

"네 몸에 지닌 보배를 주어야지. 그렇지 아니하면 이곳에서 목숨을 바치고 살아 돌아가지 못하리라."

이선이 부인이 이별할 때 준 옥지환을 내어주니 짐승이 그것을 보고 말하였다.

"이것은 동해 용왕의 개안주인데 어디에서 가져 왔느뇨?"

그러면서 배를 끌고 달아나니 배에 있는 사람들이 망극해하였다. 배가 큰 궁전에 다다르니 짐승이 뱃사람들을 잡아들이고 옥지환을 보이며 고하였다.

"모처에 순행하러 갔다가 동해 용왕 개안주를 도적하여 가는 놈을 잡아 왔나이다."

이윽고 안에서 붉은 옷에 띠를 두른 선관이 나와서 이선에게 물었다.

"네 어떠한 사람이기에 수궁의 보배를 도적질하여 갔느냐?"

이선이 민망해하며 말하였다.

"황명을 받아 선약을 구하러 가니 돌아올 날을 기약할 수 없는 터에 부인이 신물로 삼은 바이니 나도 그 근본은 자세히 알지 못합니다."

관원이 들어가 이대로 고하니 용왕이 의아하게 여겨 '그 부인의 이름을 자세히 알아오라.' 하였다. 이윽고 붉은 옷을 입은 선관이 나오더니 이선을 보고 물었다.

"옥지환을 준 부인은 누구의 딸이며 이름이 무엇인가?"

"내 부인은 낙양 김전의 딸이요, 이름은 숙향입니다. 나는 낙양 북촌리 이선입니다."

선관이 들어가 이대로 고하니 용왕이 크게 깨달아 말하였다.

"내가 잊었도다."

용왕이 즉시 위의를 갖추어 나오자 온 궁궐이 진동하였다. 용

왕은 몸에 곤룡포를 입고 머리에 통천자 금관을 쓰고 손에 백옥
홀을 쥐었으니 위의가 거룩하였다.

이선이 보고 절하며 말하였다.

"공이 송구하옵니다."

이에 용왕이 이선에게 사죄하였다.

"나는 이 물을 지키는 용왕이오. 귀인이 이곳을 지나는 것을
어찌 알았겠소? 지난날 나의 누이가 부왕께 죄를 지어 반하에
귀양 갔다가 어부에게 잡혀 거의 죽게 되었는데 김 상서가 내
누이를 구하여 살아났소. 그 은혜를 갚을 길이 없기에 진주로
보은하였소. 이는 수궁의 최고 보배라 복 복 자를 사람이 가지
면 오래 살 뿐 아니라 죽은 몸에 얹어 두면 천년이라도 살이 썩
지 아니하오. 오늘 상서의 기운이 있어 부하를 보냈는데, 순행
하다가 그 기운을 보고 놀라게 한 죄가 크오. 황태후 병환으로
봉래산에 약을 구하러 간다고 하였는데, 그 거리가 일만 이천
리에 열두 나라를 지나니 길이 험할 뿐 아니라 약수를 지나야
해서 인간의 배로는 건너기 어려울까 하오."

이선이 놀라 말하였다.

"봉래산을 가지 못하면 헛되이 죽을 수밖에 없을 따름이로소
이다."

용왕이 말하였다.

"비록 그러하나 인력으로 못하는 것을 너무 걱정하지 마오."

그러고는 잔치를 관대하게 벌였다.

*

밖에서 한 소년이 들어와 앉자 용왕이 말하였다.

"너는 어이 왔느냐?"

소년이 말하였다.

"스승께옵서 이르시되 '네 공부는 이미 이루었으나, 장래 태을(전생의 이선)의 힘을 얻어야 전도가 막히지 않으리라. 태을이 옥황상제께 득죄하고 인간으로 귀양 가 있는데, 이제 황명을 받고 봉래산으로 선약을 구하러 가는 길이니 필경 이 수부를 지날 것이다. 편히 봉래산까지 모셔 드리면 후일에 반드시 은혜를 갚음이 있으리라.' 하시기로 왔습니다."

"그러면 네 의복을 고쳐서 선관의 모습을 하고, 내 공문을 가지고 가면 도중에서 의심을 받지 않으리라."

용왕이 크게 기뻐하며, 소년을 위해 만반 차비를 해 주었다.

소년이 초공 이선을 향해 절하며 말했다.

"소생은 수부의 왕자로서 일광로의 제자이온데, 스승의 명을 받들어 상공을 모시고 가기 위해 왔습니다."

이선이 반색을 하며 용왕을 향해 말했다.

"데리고 온 수행원은 어찌하오리까?"

"그 사람들과 배는 도로 돌려보내시오."

용왕은 수신을 불러서 영거(領去, 함께 데리고 감)하라고 분부했다. 초공 이선이 지금까지 죽을 고생을 함께한 수행원들을 하직해 보내자, 용궁의 왕자가 벌써 가벼운 배 한 척을 대령하고 있었다.

이선이 그 배에 오르자, 순식간에 어디로인지 달려갔다. 번개같이 달리는 배 안에서 왕자가 이선에게 말했다.

"공은 진세속객(塵世俗客)이라 선경을 임의로 왕래하지 못하시리니, 도중에 많은 물신령이 검문할 때는 제가 부왕의 공문을 빙자하겠으니 저 하는 대로 하십시오."

회회국에 이르니 사람들이 바다로 다니지 않고 뭍으로 돌아다녔다. 그 나라를 지키는 왕의 이름은 정성으로서, 성품이 매우 온순했다.

왕자가 왕을 찾아가서 부왕의 공문을 드리니, 왕은 즉시 통과 허가의 인을 찍어 준 다음 나와서 초공을 만나 보고 공경의 예를 표하며 전송했다.

또 한 나라에 이르니 이 나라의 사람들은 밥을 먹지 않고 꿀

만 먹고 살았다. 왕의 이름은 필성으로서, 이선의 선조의 후예였다. 왕자가 대궐에 들어가서 공문을 드리니, 왕이 즉시 인을 찍어 준 다음 친절하게 충고해 주었다.

"그대 태을을 인도하여 가거니와, 이 앞의 길이 가장 험하니 부디 조심하라. 우리는 하늘의 이십팔 수로서 옥황상제께 죄를 짓고 이 땅 위로 귀양 와서 살고 있다. 다음에 여러 수성을 만나면 통과하는 것이 무척 어려울 테니 조심하라."

용왕의 왕자는 이 호밀국의 왕에게 사례한 다음, 그 다음의 유리국으로 출발했다.

이 나라 사람들은 의관과 물색이 주옥같으나, 누리거나 비린 음식을 먹지 않았다. 왕의 이름은 기성이라 했다.

왕자가 공문을 보이려 들어가니, 용왕의 왕자를 본 체도 하지 않으며 대뜸 책망했다.

"이곳은 선경이라 범인이 함부로 출입하지 못하는데, 어째서 잡인을 데리고 왔느냐?"

할 수 없이 왕자가 초공 이선을 인도하여 가는 사연을 고하니, 왕이 빙그레 웃으며 말했다.

"이번은 그대 낯을 봐서 통과를 허락하마."

그러고는 공문에 인을 찍어 주었다.

왕자는 겁이 나서 이내 떠났다.

다음 나라 교지국에 이르렀다. 그 나라 사람들은 오곡을 먹지 않고 차만 먹고 살기 때문인지 모두 짐승 같은 모양을 하고 있었다.

왕의 이름은 규성이라 했는데, 성질이 사나워서 타국 사람이 국경을 범하면 누구를 막론하고 잡아 죽였다. 왕자가 이선에게 이 나라를 통과하기 어려울지 모르니 조심하라고 말한 뒤에, 왕에게 청하려고 궁궐로 들어가서 공문을 보였다.

"봉래산 영지로 제가 태을을 데리고 간다 했는데, 그는 이미 인간으로 귀양 간 자인데 왜 이곳을 지나려고 하느냐?"

하고 노해서, 왕자와 이선을 잡아다가 구리성 안에 가두었다.

왕자가 초공을 안심시키면서 말했다.

"규성 왕은 본디 성질이 사나워 아무의 말도 듣지 않습니다. 내가 스승께 청하러 갔다 올 터이니 여기서 기다리십시오."

왕자는 살며시 구리성에서 빠져나와 용궁의 일광로에게 갔다. 그러고는 이선이 교지국에 잡혀서 갇힌 사정을 알렸다.

"그 왕이 본디 거북이라, 내가 가지 않으면 안 되겠다."

일광로가 구름을 타고 구하러 달려왔고, 왕자는 먼저 와서 또다시 몰래 구리성에 들어가서 이선과 함께 갇혀 있었다.

일광로가 규성 왕에게 이선의 사정을 말하고 양해를 구했다.

"그분은 본디 태을인데, 천상에서 옥황상제께 득죄하고 인간으로 내려와서 고초를 겪음으로써 천상의 죄를 속죄하고 있느니라. 황명을 받아 봉래산으로 약을 구하러 가는데, 만일 태을이 가는 길을 지체시키면 황태후의 병을 구하지 못할 터이니 지체 말고 곧 놓아드려라."

"그렇사옵니까?"

일광로의 말을 듣고, 규성 왕이 이선과 용왕의 왕자를 석방하고 공문에 인을 찍어 주었다.

그들이 다시 배를 타고 갈 적에 물 가운데서 홀연 오색구름으로 탑을 쌓았는데, 그 위에 선관 두 명이 앉아서 풍악을 울리고 있었다.

"동편에 앉은 분이 우리 스승이시고, 서편에 앉은 이가 규성 왕이옵니다."

하고 왕자가 말하니, 이선이 부러워하며 앞길이 멀고 험함을 한탄했다.

"우리도 머지 않아 그리 될 것이니 안심하고 기다리십시오."

왕자의 위로를 받으면서 한 곳에 이르니, 부희국이라는 땅이었다. 사람들의 키가 열 자나 되고 사람과 짐승을 잘 잡아먹는 무서운 풍습이 있었으며, 왕의 이름은 진성이었다. 수성 중의 끝의 동생이었다.

왕자가 성중으로 통과 허가를 맡으러 들어가면서 말했다.

"제가 성중으로 가면 필연 이 나라 사람들은 공을 공격할 것이니, 급하거든 이 부적의 영험으로 물리치십시오."

그러고는 성중으로 들어갔으며, 왕은 공문을 보고 곧 인을 찍어 허가하였다.

그러나 이선이 왕자를 보내고 관역에서 기다리고 있을 때, 이 나라 사람들이 몰래 와서 이선을 해치려고 습격했다.

이선이 당황해서 왕자가 주고 간 부적을 공중에 던지자 갑자기 풍랑이 일어서 폭한들은 물에 빠져 죽고, 이선이 탄 배는 어디론지 달려서 걷잡을 수 없게 되었다.

이선은 폭한들의 박해는 피했으나 왕자와는 만나지 못하게 되었으므로 크게 낙망하고 어쩔 줄 몰라 했다.

그때 물속에서 홀연히 술에 취한 선관이 고래를 타고 나타나서 이선의 배를 막으며 힐난했다.

"네 모습을 보니 신선도 아니요, 속객도 아니요, 용왕도 아닌데, 용왕의 배를 훔쳐 타고 어디로 가느냐?"

"나는 중국 병부 상서 초국공 이선인데, 황태후의 병환이 중하시어 황제께서 나에게 명하여 봉래산으로 약을 구하러 가는 중이니 부디 길을 가르쳐 주십시오."

"흥, 가소로운 소리 작작하라. 제가 병부 상서라면 옛글도 보지 못하였느냐. 삼신산 십주란 말이 다 허무하다. 불사약을 구하려던 진시황과 한무제도 뜻을 이루지 못했는데, 네가 어찌 봉래산에 갈 수 있겠느냐?"

"비록 지극히 어려운 일일지라도 군명(君命)을 받자왔으니 죽을 때까지 해 보겠습니다."

"그런 몽상은 그만둬라. 내가 탄 이 고래가 구만리장천을 순식간에 왕래하지만, 아직 봉래산은 보지 못하였다. 그렇지만 나와 함께 찾아보겠느냐?"

이선이 탄 배는 고래에게 끌려 정처 없이 가면서, 여러 가지로 참지 못할 고통을 당했다. 그때 또 다른 선관 한 명이 파초선을 타고 오면서 물었다.

"그 배는 어디로 가는가?"

"이 손이 내게 술집을 가르쳐 달라고 보채서 데리고 간다네."

"허허허, 그거 참 좋구나. 나도 한몫 껴 볼거나."

선관은 농을 하면서 이선을 향해 빈정댔다.

"너는 술값을 얼마나 갖고 있느냐?"

"농은 그만두시오. 나는 황제의 명으로 봉래산의 선약을 구하러 가는 사람인데 이 선관에게 봉변을 당하고 있는 중입니다."

이선은 은근히 새로 나타난 선관에게 구원을 호소하였더니, 그가 껄껄 웃으며 말했다.

"너는 동행하는 선관이 누군 줄 모르느냐? 당 현종 시절의 한

림학사 이태백이다. 이 기회에 그가 좋아하는 술에 취하도록 함께 먹고 싶은데, 술값이나 넉넉히 가져왔느냐?"

"몸에 푼전이 없으니 어찌하겠소."

이선이 고소(苦笑)를 하고 난처해하자, 적선(謫仙) 이태백이 말했다.

"돈은 없더라도 네가 가진 옥지환이면 술값으로 족할 거다."

그러고는 이선의 배를 어디론가 끌고 갈 적에 멀리서 옥퉁소 소리가 은은히 들려왔다.

그러자 이태백이 웃음을 지으며 말했다.

"동자야, 우리 저 풍류 소리를 따라 가 보자꾸나."

하고, 옥퉁소 소리 나는 곳으로 급히 달려갔다.

한 명의 선관이 칠현금을 물위에 띄우고 그 위에 타고 앉아서 옥퉁소를 불고 있다가 이선을 보자 말했다.

"아, 반갑네. 태을이 아닌가. 재미가 어떤가?"

이선은 자신이 모르는 선관이 자기를 알아보는 것을 의아스러워하며 말했다.

"진세 속객이 어찌 선관을 알겠습니까? 나는 가는 길이 바쁜데, 이태백의 넋이라는 이 선관이 잡고 놓지 않아서 큰일 났습니다."

"허허허, 이 손이 제 아내가 준 옥지환을 팔아서 나에게 술을 사 준다고 종일 끌고 다니더니, 종내 사 주지 않아서 화가 터진 판이라네."

이태백이 농을 하자, 여동빈 선관도 웃으며 말했다.

"허허허! 서로 끌려 다닌다 하니, 마치 까마귀처럼 암놈 수놈을 모르겠구나."

이때 홀연히 선녀 한 명이 연엽주에 술을 싣고 오자, 여동빈 선관이 물었다.

"선녀는 어디를 가시오?"

"두목지 선생이 친구를 만나려고 옥화주로 가셨기에 그리 가나이다."

"그건 정녕 태을을 만나기 위함이 아닐까……."

적선이 손을 들어 달려오는 배를 가리키며 '저 배가 아닌가?' 하였으므로 모두가 그쪽을 바라보았다.

소요관을 쓰고, 자색 학상의를 입은 한 선관이 일엽주를 바삐 저어 오면서 초공 이선을 향해 말했다.

"태을아, 반갑다. 그동안 인간의 재미가 어떤고? 우리 술이나 먹자."

하고 모두에게 술을 권했다.

그때 문득 공중에서 청의동자가 내려와서 고했다.

"안기 선생께서 스승님을 곧 궁중으로 청하옵니다."

"우리들은 곧 가야겠는데, 이 태을은 어찌할까요?"

여등빈 선관이 묻자, 두목지가 말했다.

"장진이 내 학을 빼앗아 타고 봉래산으로 갔으니, 내가 궁장을 데려다 둔 다음 학을 타고 쫓아가리다."

이 말에 모두들 기뻐하면서 초공 이선에게 이별을 고했다.

"우리 이제 이별하니 섭섭하지만, 멀지 않아 다시 만나 볼 것이다."

두목지가 초공 이선을 데리고 어느 곳에 이르렀는데, 큰 산이 하늘에 닿도록 높고 그 주위에 상서로운 구름이 서려 있었다.

두목지가 이선에게 말했다.

"이 산이 봉래산이니, 구류선을 찾아서 선약을 구하라."

그러고는 이내 홀연히 사라졌다.

이선이 봉래산을 바라보니, 산천이 형용할 수 없이 아름다워 탄식해 마지않았다.

"이태백의 시에 삼산은 반락 청천의요, 이수는 중분백로주(三山 半落 靑天 二水 中分白露)라 하였더니, 허언이 아니로다."

이선이 산수를 완상(玩賞)하면서 산중으로 들어가자, 뜻밖에도 그곳에서 용왕의 왕자가 기다리고 있었다. 이선이 놀라고 기뻐하니 용왕의 왕자가 말했다.

"이 공이 가신 곳을 몰라 헤매다가 이태백을 만나 물었더니,

두목지가 인도해서 봉래산으로 가셨다기에 여기 와서 기다린 지 오래됩니다."

"그 선관들이 술을 사라고 진 반 농 반 졸라 대서 정말 땀을 뺐다네."

"하하하, 그 신선들이 모두 이 공의 전생 벗이기에 반가워서 농을 한 것입니다. 만일 그 신선들을 만나지 못하였으면 어찌 이 봉래산에 도달하였겠습니까."

두 사람이 점점 깊은 산중으로 들어가 한 곳에 이르니, 큰 바위들이 하늘을 찌르고 서 있었다.

이제 어떻게 하나 하고 걱정하는 이선을 왕자가 업더니만 그 험지를 순식간에 올랐다. 그러고는 한곳에 내려놓으며 말했다.

"나는 배에 돌아가서 기다릴 테니 빨리 약을 구해 가지고 배로 돌아오십시오."

"요행히 약을 얻을지라도 이 높고 험한 산길을 나 혼자 어떻게 내려가겠는가."

"돌아가실 때는 어렵지 않을 것이니 근심 마십시오."

용왕의 왕자가 돌아간 후, 이선 혼자서 더 높은 산으로 올라 갔다. 한 노인이 검은 소를 타고 오다가 이선을 보고 물었다.

"그대는 어떤 사람인고?"

"나는 중국 병부 상서 초국공 이선이온데 구류선을 찾고 있습니다.”

노인이 그 말을 듣고 말했다.

“그럼 저 침향(沈香) 나무숲으로 들어가면, 높은 바위에서 바
둑을 두는 신선이 있을 테니 물어보라.”

이선이 기뻐하며 그곳으로 가 보니 과연 선관들이 바둑을 두
고 있었다. 이선이 그들 앞으로 가서 절을 하니, 그들이 그를 돌
아보며 물었다.

“그대는 어떤 사람인데 감히 이곳에 들어오느냐?”

“인간 병부 상서 이선이온데, 구류선을 뵈옵고자 왔습니다.”

그러자 청의선인이 의아히 여기며 물었다.

“어인 연고냐?”

“황태후의 병환이 중하셔서 황제의 명을 받들고 약을 구하려
고 왔습니다.”

이번에는 홍의선인이 위를 가리키며 말했다.

“구류선을 보려거든 저 상봉으로 올라가 보라.”

“황태후 위중하시와 신자로서 군명을 지체치 못하겠으니, 약
을 곧 얻어 가게 해 주십시오.”

“우리는 약을 모른다.”

이선이 인간의 재주로는 올라갈 수 없는 상봉을 쳐다보고 한
탄하고 있을 때, 홀연히 청학을 탄 신선이 내려와 이선에게 말

했다.

"자네를 오래간만에 여기서 만나니 옛 생각이 그립구나. 그래 자네는 인간의 재미가 어떠하며, 설중매를 만나 봤느냐?"

"인간으로서 고생할 뿐인데, 전생에 알지 못하던 설중매를 어찌 알겠습니까?"

"자네는 인간으로 귀양을 가더니 천상 시절의 일을 모두 잊었구먼."

하고, 동자에게 차를 부어라 하여 이선에게 건넸다.

이선이 그 차를 받아먹으니 즉시 정신이 상쾌해지면서 천상의 태을진군으로서 득죄한 일과, 봉래산에 올라가 능허선의 딸 설중매와 부부가 되어서 살던 일과, 옛 친구라는 이 신선이 자기의 수하로 지내던 기억이 어제같이 생생하게 떠올랐다.

이선이 길게 탄식했다.

"나는 그때 갑자기 죄를 짓고 인간으로 귀양 가서 고행이 자심한데, 자네들은 모두 무고하니 다행일세. 그런데 설중매는 어디 있는가?"

"능허선 부부는 인간 이부 상서 김전 부부요, 설중매는 양왕의 딸이 되었으니, 장차 자네의 둘째 부인이 될 것일세."

이선이 긴 한숨을 쉬면서 물었다.

"능허선 부부와 설중매는 무슨 죄로 인간으로 갔는가? 또 어찌하여 월궁소아는 김전의 딸이 되고, 설중매는 양왕의 딸이 되었는가?"

"능허선 부부는 방장산에 구경 갔다가 옥황상제께 꿀 진상을 늦게 한 죄로 인간으로 귀양 갔고, 자네 아내 설중매는 자네가 소아를 흠모하는 줄 알고 항상 소아를 질투하더니, 후생에 서로 간장을 썩게 한 셈일세. 그리고 설중매는 옥황상제께 득죄한 일이 없으나, 부모와 자네가 인간으로 내려갔으므로 보려고 양수에 빠져 죽었으므로 후생에 귀하게 되어 양왕의 공주로 태어났던 것일세."

"아, 이젠 알겠네. 그 양왕의 딸과의 혼사를 거절하자, 양왕이 보복으로 나를 죽이려고 봉래산의 선약을 구하도록 나를 보내라고 황제께 아뢴 것이로군. 나는 죽어도 설중매와 혼인을 하지 않고 소아만 사랑하려고 하였지만, 하늘이 정하신 일이니 피할 수 없는 운명이란 것을 이제 알게 되었네."

"아차, 자네가 돌아갈 때가 늦었으니 이 약을 갖고 가서, 여기서 내가 주더란 말을 말게."

하고, 그 신선이 세 가지 선약을 주었다.

이선이 사례하며 물었다.

"이 약의 이름이 무엇인가?"

"작은 병에 든 물약은 환혼수요, 금빛 약은 개언초요, 또 한

가지가 우화환일세. 지금 자네가 세상으로 돌아가면 황태후가 벌써 승하하였을 것이니, 자네가 가진 그 옥지환을 황태후 시체 위에 얹어 두게. 그리하면 썩은 살이 다시 소생할 것이니, 그때 그 물약을 입에 칠해 드리게. 그래서 혼백이 돌아오면 귀에 개언초를 발라 드리게. 그리하면 말을 하실 것일세."

"그리고 이 우화선은 어디 쓸 약인가?"

이선이 남은 한 가지 약의 용도를 물었다.

"그건 자네가 감추어 두었다가 나이 일흔이 되거든, 칠월 보름날에 소아와 하나씩 나누어 먹게."

말을 마친 신선이 또 차 한 잔을 건넸다. 이선이 그것을 받아 마시니, 비로소 용왕의 왕자가 해변에서 기다린다는 생각이 문득 떠올랐다.

이선은 선인에게 사례하니, 선인은 홀연히 사라지고 없었다.

이선은 황급히 왕자 있는 곳으로 갔다. 왕자가 이선을 등에 업고 순식간에 남해 용궁으로 돌아오자, 용왕이 그를 반갑게 맞이하며 잔치를 베풀어 여행의 고초를 위로했다.

"이번에는 용왕님 덕분으로 봉래산을 잘 다녀왔습니다만, 또 천태산을 가르쳐 주십시오."

이선이 간청하자, 용왕은 또 왕자를 불러서 천태산으로 인도해 드리라고 명했다. 왕자는 곧 이선을 배에 태우고 출발하여 어느 곳에 이르렀다.

"이곳이 천태산이니, 약을 구하려면 마고선녀를 만나서 청하면 쉬울 것이옵니다."

왕자가 이선에게 가르쳐 주자, 이선은 봉래산 갈 때보다는 아주 쉽게 홀로 산중으로 찾아 들어갔다. 도중에 큰 시내를 만났는데 물속이 무척 깊어서 건널 수가 없었다. 그리하여 물가를 방황하고 있으니, 문득 동쪽에서 소년 한 명이 사슴을 타고 오고 있었다.

이선이 반갑게 여기고 길을 물으려고 하였으나, 소년은 사슴을 채찍질해서 나는 듯이 가 버렸으므로 물을 수도 없었다. 하는 수 없이 다시 주변을 살펴보니, 한 노인이 해진 누비옷을 입고 소나무 밑의 바위에 걸터앉아 있었다.

이선이 노인 앞으로 가서 절하며 말했다.

"저는 중국 병부 상서 초국공 이선이온데, 황명을 받자와 약을 구하러 왔다가, 배가 고프고 갈 길을 모르니 인가를 가르쳐 주면 기갈을 면할까 하옵니다. 그리고 마고선녀의 집을 가르쳐 주시면 약을 얻어 가겠사옵니다."

"이 깊은 산골에 인가가 어디 있으랴. 또 내가 여기 있은 지 오만 년이 되었으나 마고선녀라는 이름은 금시초문이다."

하고, 바위에서 일어났다. 이선이 다시 물으려는 순간에 노인은 홀연히 자취를 감추고 말았다. 이선이 또다시 방황하고 있을 때, 또 한 명의 노인이 석장(錫杖)을 짚고 저쪽에서 오기에 이선이 그의 앞으로 가서 절하고 마고선녀의 집을 물었다.

"물 하나만 건너면 옥포동이 있으니 거기서 찾아보라."

"물이 깊어서 건너 갈 수 없사옵니다."

노인이 짚고 있던 석장을 시내 위에 던지자, 순간에 다리로 변했다. 이선이 사례하고 물을 건너서 가 보니, 노인은 간 데 없고 공중에서 외치는 소리가 들려왔다.

"나는 대성사 부처인데, 너에게 길을 가르쳐 줬으니 잘 찾아가거라."

이선은 공중을 향하여 사례하고, 산속으로 들어갔다. 가는 도중에 또 한 노인이 바위 위에 앉아 있으므로, 이선이 절하고 옥포동 가는 길을 물었다. 노인은 대답도 하지 않고 긴 목청을 뽑아 노래를 부르면서 바위 위에 누워 버렸다.

이선이 민망히 여기고 어쩔 줄 모르고 있을 때, 한 선녀가 청학을 타고 손에 천도를 들고 왔다. 이선이 선녀에게 절을 하며 옥포동을 물었더니, 선녀가 황망히 답례하며 말했다.

"당신은 누구시며, 옥포동에는 왜 가려고 하십니까?"

"마고선녀를 만나서 선약을 얻어 가려고 합니다."

"당신은 길을 잘 찾아가지 못할 것입니다. 내가 이 산중에 있은 지 오래로되, 천태산 마고선녀를 본 적이 없습니다."

"아아, 그러면 이 산의 이름은 무어라 합니까?"

이선이 놀라서 크게 탄식하며 물었다.

"이 산의 이름은 옥포산이요, 골 이름은 천태동입니다. 날이 이미 저물었으니, 내 집에 가서 머무르고 내일 찾아보십시오."

이선이 고마워하며 선녀를 따라가니, 좌우에 기화요초(琪花瑤草)가 난만하여 향내가 코를 찔렀고 도원경(桃源境) 선간(仙間)의 청삽살개가 한가롭게 짖고 있었다. 이선이 선녀의 인도로 집안에 들어가니, 아담한 집이 티끌 하나 없이 정결했다.

나와서 맞는 노선녀를 따라 집 안으로 들어갔다.

"내 집이 과부집이라, 손님 대접할 사람이 없어서 내가 직접 대접하니 허물치 마시오."

노선녀가 황금교의를 동서 편으로 갖다 놓고, 이선에게 동편 좌석에 앉기를 청했다. 이선이 상좌를 굳이 사양하자, 노선녀가 화를 내며 말했다.

"당신이 내 말을 듣지 않으니, 나도 당신 가실 길을 가르쳐 드리지 않겠사옵니다."

이선이 민망히 여기면서 권하는 대로 동편 교의에 앉았더니, 노선녀는 시녀를 시켜서 팔진미를 권했다. 이선이 음식을 먹어 보니 이화정의 노파집 음식 맛과 같았다. 이선이 내심으로 혹시

나 하는 생각이 나서 물었다.

"천태산이 어디입니까?"

"나도 천태산이란 산 이름은 금시초문이니, 수고롭게 허행을 하지 마시오. 필경 내 말에 따르는 것이 좋을 것입니다."

"들을 만한 까닭이 있으면 듣겠사옵니다."

"나도 명산에 있을 뿐 아니라, 명사의 아내가 되어서 가장 영화롭게 지내다가 남편이 득죄하여 이 땅에 왔다가, 남편이 세상을 떠나므로 어린 딸과 함께 돌아갈 길이 없어서 그 냥 살아왔소. 그 후에 딸이 장성하였으나 적당한 곳을 정하지 못하여 수심으로 세월을 보냈는데, 오늘 천행으로 당신을 만나서 보니 첫눈에 대군자라 청하는 바요. 결코 위험한 길을 가지 말고, 나의 좋은 백년의 손으로서 사위가 되어 주지 않겠소?"

이선이 공손한 대답으로 사양하며 말했다.

"대단히 고마운 말씀이오나, 나는 군명을 받들고 끝까지 다니다가 선약을 구하지 못하면 차라리 죽을지언정 결코 불충지귀는 되지 않겠사옵니다."

"당신의 말이 매우 정대하지만, 속이 막힌 옹졸한 말이오. 속담에 죽은 정승이 산 개만 못하다 하는데 무슨 까닭으로 고생만 하다가 비명원사(非命怨死)한단 말이오. 내 비록 빈곤하나 노비가 삼천여 명이요, 전답이 수천 결이니 궁핍하지 않게 대접할

176

수 있음이오."

그러나 이선은 굳이 사양하면서 민망스러워할 뿐이었다.

이윽고 산공야정(山空夜靜)하여 천지가 모두 괴괴히 잠들었는데, 선녀가 시녀를 시켜서 옆방을 정하게 소제하고 이선을 인도하여 편히 쉬라고 권했다. 이선이 거기서 그날 밤을 편히 쉬고 다음 날 아침에 보니, 그 편하게 잔 집은 간 데 없고 몸이 시냇가에 누워 있는 것이었다. 이선이 황홀한 두려움을 이기지 못하다가, 한참 후에야 정신을 가다듬고 일어나서 고국을 생각하고 시를 지어 읊었다. 수십 보를 걸어가니, 한 노파가 광주리를 옆에 끼고 길가에서 산나물을 캐고 있었다.

이선이 가서 절을 하고 천태산을 물었다.

"여기 이 산이, 바로 당신이 넘어온 이 산이 천태산이라."

"옥포동은 어디 있습니까?"

"여기가 바로 옥포동이라."

이선이 기뻐하며 다시 물었다.

"그러면 마고선녀의 집은 어디입니까?"

"내 눈이 어두워서 몰라보겠는데, 당신은 누구십니까? 내가 바로 그 마고선녀요."

이선이 반가워하며 두 번 절하며 말했다.

"나는 낙양 북촌리의 이선이온데, 노선을 찾아 약을 구하러 왔습니다. 그런데 왜 나를 못 알아보십니까?"

"아, 정말로 그러십니까? 서로 이별한 지 오래고, 또 나이가 많아서 선망후실(先忘後失)하여 생각이 나지 않기 때문입니다. 그러면 숙향 낭자는 무사히 잘 있사옵니까?"

이선이 숙향의 무사를 알리고, 숙향이 써 보낸 편지를 보여 주었다.

"하하하, 내가 당신을 떠보느라고 모른 체했소이다."

노파는 숙향의 편지를 다 읽은 뒤에 기뻐해 마지않으면서 말했다.

"내가 공자를 위하여 기다린 지 오래이옵니다."

그리고 약을 주면서 말했다.

"구정을 펴고 조용히 이야기하고 싶으나, 요전에 내가 가서 숙향 낭자를 만났더니 황태후가 승하하셨다 하오. 빨리 돌아가시오."

이선이 그 약을 받아 들고 사례하는 순간에, 마고선녀는 홀연히 사라졌다. 이선이 공중을 향하여 눈물을 흘리며 사례하고, 길을 찾아 어떤 강가에 이르니 용왕의 왕자가 배를 대령하고 반갑게 맞아 주며 말했다.

"제가 공을 보내고 서해 용궁에 갔더니, 숙모의 말씀이 김 상서의 은혜를 갚으려고 부인이 표진강에 와서 제사 지낼 때 개안주를 술잔에 담아 바쳤다고 하옵니다. 이미 공의 집에 가 있을 것이라 하오니, 어서 댁으로 돌아가십시오."

왕자는 이선을 배에 올려 태운 다음 눈을 감으라고 권했다.

이선이 하라는 대로 눈을 감았더니 이윽고 한 곳에 이르렀다. 눈을 떠 보니, 벌써 장안성 십 리 밖의 해경하라는 강가였다.

이선은 꿈인 듯이 기뻐하며, 용왕의 왕자와 이별한 후 서울으로 입성했다.

황제를 즉시 알현한 이선은 어전에 엎드려 말했다.

"신이 불명하와 빨리 복명하지 못하온 죄를 청하옵니다."

"그 방향도 모르는 몇 만 리 길을 무사히 왕복하여 선약을 얻어 왔으니, 경의 충성이 놀랍도다. 그러나 황태후께서 이미 승하하셨으니, 과연 회생의 영험이 있을는지 의심스럽소."

이선이 먼저 옥지환을 시체 위에 얹으니 상했던 살결이 산 사람의 살 같아졌다. 그리고 입에 환혼수를 바르니 가슴에 숨기가 회복되었다. 그러나 말을 하지 못하였으므로 개언초를 귀에 바르니 이윽고 말문이 트였다. 또 감은 눈 위에 개안주로 세 번 문지르니 눈을 뜨고 만물을 환히 보게 되어 완전히 소생했다.

이런 선약의 신기한 영험을 보고 황제와 백관이 모두 놀라며 기뻐했고, 황제가 이선의 손을 친히 잡으며 말했다.

"경은 이런 선약을 어떻게 구하였소? 그 원로의 고생은 추측하고도 남음이 있소."

이선이 전후의 경과를 보고해 올리자, 황제가 칭찬해 마지않았다.

"옛날에 진시황과 한무제의 위엄으로 능히 하지 못한 것을 이번에 경이 선약을 구하여 황태후를 재생케 하였으니, 이것은 불세지공(不世之功)이오. 짐이 어찌 그 공을 갚으며, 어찌 한시라도 잊으리요. 처음의 약속대로 마땅히 천하를 반으로 나누어 주겠소."

이선이 엎드려 아뢰었다.

"욕신(欲臣)은 사(死)라 하였사옵는데, 어찌 그같이 과도(過度)하사, 신으로 하여금 추세에 역명(逆名)을 면치 못하게 하시나이까. 바라옵건대 성상은 소신의 미충을 살펴소서."

이선이 머리로 땅을 쳐서 피를 흘리며 사양하니, 황제가 이선의 사양하는 뜻이 굳음을 보시고 상을 감하여 초왕에 봉했다. 그리고 김전을 좌승상에 제수하고, 공을 모두 갚지 못함을 한탄했다.

이선은 부득이 사은퇴조(謝恩退朝)하여 부중(府中) 자기 집으로 돌아왔다.

부모와 장 승상 부부와 숙향이 죽었던 사람을 다시 만난 듯이 기뻐하며 큰 잔치를 베풀었다. 황제가 들으시고 어악(御樂)을 보내어 흥을 돋우어 주었다.

숙향 부인이 초왕으로 봉해진 남편 이선에게 말했다.

"길을 떠나신 후에 북창 앞의 동백나무 가지가 날로 쇠진하므로 돌아오시지 못하실까 주야로 염려되어 대신 박명한 목숨을 끊기로 천지신명께 기약했사옵니다. 그런데 하루는 꿈에 마고할미가 와서 이 상서를 보려거든 따라오라기에 한 산골로 따라 들어갔습니다. 그곳의 큰 궁전에서 상공을 보고 왔사옵니다. 상공이 아무리 양왕의 딸과 혼사를 사양하셔도 이미 하늘이 정한 배필이니, 거역치 못할 것이옵니다."

숙향의 그 말을 듣고 이선이 천태산 선녀의 집에 갔던 일과, 양왕의 딸이 알고 보니 전생에 자기의 아내였던 사실을 말했다. 그 말을 들은 숙향 부인은 더욱 혼인을 권했다.

이때에 양왕이 초왕의 부친 위공에게 권하였으므로, 마침내 매향(설중매)을 제2 부인으로 맞아들이기로 결정했다.

택일을 한 후 성례하게 되자 황제가 그 소문을 들으시고 크게 기뻐하며 숙향을 정렬 왕비로 봉하고, 매향을 정숙 왕비로 봉했다. 그리하여 매향 공주는 김 승상 부부를 부모같이 섬기고, 숙향 부인은 양왕 부부를 친부모같이 대접하였다.

그리하여 삼위(三位)의 부부가 화락하여 숙향 부인은 이 자 일 녀를 두고 매향 부인은 삼 자 이 녀를 두었다. 아들들은 한결

같이 소년등과하여 벼슬이 높고 자손이 번성했다.

숙향 부인의 장자는 태자태부(太子太傅) 겸 병부 상서로 있고, 여아는 태자비(太子妃)가 되었다. 차자는 정서대도독(征西大都督)으로 오원주천이라는 땅에 가서 오랑캐를 정벌하였는데, 적병을 무수히 무찔렀다. 한 번은 어떤 적장을 죽이려고 할 새 창검이 들지 않고 결박한 것이 저절로 풀렸다. 또한 활로 쏘았으나 맞지도 않고 적장도 도망을 하지 않았다. 적병은 그러한 기적이 하늘의 도움이라 생각하고 항복을 해 왔다. 정서대도독은 그를 종으로 삼아서 데리고 부중으로 돌아와 부모님께 그 사연을 자세히 고했다.

초왕 부부가 그 적장을 가까이 두고 친근히 부렸다. 그러던 어느 해 정월 보름에 초왕이 모든 노복을 불러서 뜰에서 씨름을 붙이고 즐겼는데, 그 귀화한 오랑캐 종이 가장 힘이 강해서 여러 사람을 이겼으므로 초왕이 칭찬하여 마지않았다.

이때 숙향 부인이 자세히 보니, 그놈이 자신을 반야산에서 업어다가 마을에 갖다 두고 간 도적이라는 생각이 들었다. 그래서 자기가 가진 수족자를 보니 역시 그때의 도적과 비슷했다.

숙향 부인이 초왕에게 그 족자를 보이면서 오랑캐 출신의 종과 비교해 보라고 했다. 그 그림과 종의 얼굴이 조금도 다르지 않았으므로, 초왕이 신기하게 여기며 오랑캐 종에게 물었다.

"너는 옛날에 반야산에서 사람을 구한 일이 있느냐?"

"그 난리 때 반야산에서 한 계집아이가 부모를 잃고 바위틈에서 울고 있었는데, 그 아이의 상을 보니 매우 비범하여 도적이 죽이려는 것을 말리고서 업어다가 유곡촌에 두고 왔습니다."

초왕이 이 말을 듣고 크게 기뻐하며 그 말을 숙향 부인에게 전했다. 숙향 부인이 반가워하며 그 종을 불러서 그때의 은혜를 말한 다음 이름을 물었다.

"제 이름은 신비해로소이다."

숙향 부인은 곧 금은으로 후상하고, 초왕 이선도 많은 상을 내렸다. 그리고 이 일을 황제에게 아뢰자, 황제가 기특히 여겨서 신비해를 평서장군진서태수(平西將軍鎭西太守)로 삼으시고 모든 도적을 진정하라고 분부하셨다. 그 후로는 서방이 평정되어 도적이 없어졌다.

어느 해, 김 승상 부부가 세상을 떠났으므로 예로써 후장(厚葬)했다. 매향 부인이 애통해하는 모양은 모든 사람을 감동시켰으며, 그 후에 위공 부부 또한 세상을 버리매 선산에 왕례로써 안장했다. 그 후 초왕 이선이 일흔이 되어서 칠월 보름날에 제자제손(諸子諸孫)과 가족을 거느리고 궁중에서 잔치를 하는데, 한 선비가 공중에서 곧장 궁중으로 들어왔다. 초왕이 보니 그는 여동빈 선관이었다.

"그대는 어디로 해서 이렇게 오는 길이오?"

"옥황상제의 명으로 초왕을 데리러 왔으니 바삐 가십시다."

"속객이 어찌 천상에 올라갈 수 있겠소?"

"전에 봉래산에서 그 선녀가 주던 약을 지금 가지고 계시옵니까?"

그제야 초왕 이선이 깨닫고 즉시 약을 내어 왕비 숙향과 왕비 매향께 한 개씩 먹였다.

이윽고 삼부처의 몸이 공중으로 두둥실 떠올라가자, 초왕의 오 자 삼 녀가 망극하여 공중을 향해 통곡하면서 왕례로써 허장을 지냈다.

운영전

*

수성궁은 안평 대군의 옛 집으로 장안성 서쪽이요, 인왕산 아래에 있었다. 산천이 수려하여 용이 서리고 범이 일어나 앉은 듯하며, 사직이 그 남에 있고 경복궁이 그 동에 있었다.

인왕산의 산맥이 굽이쳐 내려오다가 수성궁에 이르러서는 높은 봉우리를 이루었고, 비록 험준하지는 아니하나 올라가 내려다보면 아니 뵈는 곳이 없다. 사면으로 통한 길과 저잣거리, 천문만호가 바둑판처럼 밀집한 것이 일일이 헤아릴 수도 없다. 또한 번화 장려하기 이를 데 없었는데, 동쪽을 바라보면 궁궐이 아득하여 구름 사이에 은영하고, 상서로운 구름과 맑은 안개가 퍼져 아침저녁으로 고운 자태를 자랑하니 짐짓 이른바 별유천

지승지였다.

한때 주당들은 몸소 노래하는 아이와 피리 부는 동자를 데리고 가 그곳에서 놀았으며, 소인과 묵객은 음풍농월하며 경치를 즐기느라 돌아가는 것도 잊을 정도였다. 산천의 아름다움과 수려한 경치는 무릉도원에 비할 만했다.

이때 남문 밖 옥녀봉 아래에 한 선비가 살고 있었는데, 청파 사인(靑坡士人) 유영이었다. 그는 나이 이십여 세에 풍채가 준수하고 학문이 깊었지만, 가세가 빈곤하여 의식(衣食)을 잇기도 힘들었다. 그는 울적한 심사도 달랠 겸 경개가 좋은 수성궁에 구경하러 한 번 가 보고 싶었으나, 행색이 걸인 같아 남의 비웃음을 받는지라 노상 망설이기만 할 뿐이었다.

마침내 신축년 춘삼월 보름에 탁주 한 병을 사 가지고 궁문으로 들어가 보니, 구경 온 사람들이 돌아보고 손가락질을 하면서 웃지 않는 이가 없었다. 유생은 하도 부끄러워 어쩔 줄 모르다가 바로 후원으로 들어갔다.

높은 데 올라가서 사방을 바라보니, 임진왜란을 겪고 난 후라 장안의 궁궐과 성안의 화려했던 집들은 자취가 없었다. 부서진 담도, 깨어진 기와도, 묻힌 우물도, 흙덩어리가 된 섬돌도 찾아볼 수 없었다. 잡초와 나무만이 우거져 있었으며, 오직 동문 두어 칸만이 쓸쓸히 남아 있을 뿐이었다.

유생이 서원 깊숙이 들어가니 온갖 풀이 우거져서 맑은 못에 그림자가 드리웠고, 땅 위에 가득히 떨어져 있는 꽃잎은 바람이 불 때마다 코를 찌를 정도로 향기를 발했다.

유생은 바위 위에 앉아 소동파의 '아상조원춘반로 만지낙화 무인소'라는 시구를 읊었다. 그러고는 차고 있던 술병을 풀어서 다 마시고는 취하여 바위 옆에 있는 돌을 베고 누웠다.

잠시 후 술이 깨어 주변을 살펴보니 유객들은 다 사라지고 없었다. 동산에는 달이 떠 있었고, 안개가 버들가지를 포근히 감쌌으며, 바람은 꽃잎을 어루만지고 있었다.

그때 한 가닥 부드러운 말소리가 바람을 타고 들려왔다. 이상한 마음에 소리 나는 곳으로 가 보니, 한 소년이 절세미인과 마주 앉아 있다가 유영을 보고 반갑게 맞이했다.

미인이 나지막한 소리로 아이를 부르니, 시녀 두 사람이 숲속에서 나왔다. 미인은 그 아이들을 보고 이렇게 말했다.

"오늘 저녁에 우연히 고인(故人)을 만났고, 또한 기약하지 않았던 반가운 손님도 만났으니, 오늘 밤을 헛되이 넘길 수가 없구나. 그러니 네가 가서 주찬을 준비하고, 아울러 붓과 벼루도 가지고 오너라."

두 시녀는 명령을 받고 갔다가 잠시 후 돌아왔다. 그 동작이 마치 나는 새처럼 빨랐다. 유리로 만든 술병과 술잔, 그리고 자

하주와 진기한 안주는 모두 인간 세상의 것이 아니었다.

세 사람이 술을 석 잔씩 마시고 나자, 미인이 노래를 불러 술을 권했다.

그 가사는 다음과 같았다.

깊고 깊은 궁 안에서 고운 님 이별하니

하늘이 맺어 준 인연 미진한데 뵈올 길 없네.

꽃 피는 봄날에 그 얼마나 울었던가.

밤마다 만난 것은 꿈일 뿐 참이 아니었네.

지난 일은 허물어져 티끌이 되었어도

부질없이 나를 울려 눈물짓게 하는구나.

미인이 노래를 마치고 나서 한숨을 쉬면서 흐느끼니, 구슬 같은 눈물이 흘러 얼굴을 뒤덮었다.

유영은 이를 이상히 여겨 물었다.

"내 비록 양가에 태어난 몸은 아니오나, 글은 좀 알고 있소. 지금 그 가사를 들으니 격조가 맑고 뛰어난데 시상이 슬프니 매우 괴이하구려. 오늘 밤은 마침 월색이 낮과 같고 청풍이 솔솔 불어오니 이 좋은 밤을 즐길 만하거늘, 서로 얼굴을 마주하고 슬퍼함은 어인 일이오. 술잔을 더함에 따라 정의도 깊어졌는데,

이름도 모르고 회포도 풀지 못하고 있으니, 또한 의아하구려."

유영은 자기의 이름을 말하고, 두 사람이 말하기를 청했다.

이에 소년이 대답했다.

"성명을 말하지 아니함은 어떠한 뜻이 있어 그런 것인데, 당신이 구태여 알고자 한다면 가르쳐 드리는 것이 그리 어려운 일은 아닙니다. 그러나 말을 하자면 장황합니다."

그러고는 수심이 가득한 얼굴로 한참 있다가 입을 열었다.

"나의 성은 김이라 합니다. 나이 십 세에 시문을 잘하여 학당에서 유명했고, 나이 십사 세에 진사 제2과에 올라 사람들이 김 진사라고 불렀습니다. 그런데 제가 나이 어려 마음의 호탕함을 억누르지 못하고, 또한 이 여인으로 인해 불효자식이 되고 말았으니, 이러한 죄인의 이름을 알아서 무엇하겠습니까? 이 여인의 이름은 운영이요, 저 두 여인은 하나는 녹주요, 하나는 송옥이라 하는데, 모두 옛날 안평 대군의 궁인이었습니다."

진사가 운영을 돌아보면서 말했다.

"성상이 여러 번 바뀌고 일월이 오래되었는데, 그때의 일을 그대는 기억하고 있소?"

"심중에 쌓여 있는 원한을 하루라도 잊을 수 있겠습니까? 제가 이야기해 볼 것이오니, 낭군님이 옆에 계시다가 빠지는 것이 있거든 덧붙여 주옵소서."

하고는 이야기를 시작했다.

　세종대왕에게는 여덟 왕자가 있었는데, 그중에서 셋째인 안평 대군이 가장 영특하셨어요. 그래서 상께서 매우 사랑하셨습니다.

　나이 십삼 세에 사궁에 나와서 거처하시며, 궁명을 수성궁이라 하였습니다. 스스로 유업에 힘써 밤에는 독서하고, 낮에는 시를 읊거나 글씨를 쓰면서 일각이라도 헛되이 보내지 않으셨습니다. 그때의 문인 재사들이 모두 그 문하에서 그 실력을 겨루었고 새벽닭이 울 때까지 담론을 했지만, 대군은 특히 필법이 뛰어나 이름을 떨쳤습니다.

　문종대왕이 아직 세자로 계실 적에 매양 집현전의 여러 학사와 같이 안평 대군의 필법을 이렇게 칭찬하신 적도 있습니다.

　"우리 아우가 만일 중국에서 태어났더라면, 비록 왕희지에게는 미치지 못하겠지만 조맹부에게는 뒤지지 않을 것이오."

　하루는 대군이 저희들을 보시고 이렇게 말씀하셨습니다.

　"천하의 모든 재사는 반드시 고요한 곳에서 갈고 닦은 후에야 학문을 이룰 수 있는 법이니라. 도성 문밖은 산천이 고요하고 인가에서 좀 떨어졌으니 업을 닦으면 대성할 수 있을 것이다."

　그러고는 곧 그 위에다 정사 여남은 칸을 짓고, 당명을 비해

당이라 하였습니다. 또한 그 옆에다 단을 구축하고 맹시단이라 하였으니, 다 명을 돌아보고 의를 생각하신 뜻이었지요. 이때의 문장과 거필들이 그 단상에 모두 모이니, 문장에는 성삼문이 으뜸이었고, 필법에는 최흥효가 으뜸이었습니다. 비록 그러하오나 모두 대군의 재주에는 미치지 못하였지요.

하루는 대군이 술에 취하셔서 궁녀에게 말씀하셨습니다.

"하늘이 재주를 내리실 때 어찌 남자는 풍부하게 하고 여자는 적게 했겠느냐. 지금 세상에 문장가로 자처하는 사람이 많지만 아직 특출한 사람이 없으니, 너희들도 힘써 공부하여라."

그러고는 궁녀 중에서 나이가 어리고 얼굴이 아름다운 열 명을 골라 가르치기 시작하셨습니다.

먼저 《소학언해》를 가르쳐서 암송시킨 후에 《중용》, 《대학》, 《맹자》, 《시경》, 《서경》, 《통감》, 《송서》 등을 차례로 가르치고, 또 이두 당음 수백 수를 뽑아 가르치시니 과연 오 년 이내에 모두 대성하셨지요.

대군은 바깥에서 돌아오시면 저희들로 하여금 대군의 눈앞에서 떠나지 못하게 하시고 상벌을 밝히 하여 학문을 권장하셨습니다. 그리하여 그 탁월한 기상은 비록 대군에게 미치지 못하였지만, 음률의 청아함과 구법의 완숙함은 성당 시인의 울타리를 엿볼 수 있을 정도가 되었습니다.

열 명의 이름은 소옥, 부용, 비경, 비취, 옥녀, 금련, 은섬, 자란, 보련, 운영인데, 운영은 바로 저였습니다.

대군은 모두를 몹시 사랑하시어 항상 궁내에 있게 하시고, 바깥사람과는 더불어 이야기도 못하게 하셨습니다. 날마다 문사들과 같이 술을 마시면서 시재를 다투었지만, 아직 한 번도 첩들을 가까이하지 못하게 하셨음은, 바깥사람이 혹 알까 봐 두려워서였을 겁니다.

그래서 항상 저희에게 이런 영을 내리셨습니다.

"시녀로서 한 번이라도 궁문을 나가는 일이 있으면 그 죄는 죽어 마땅할 것이다. 또 외인 중에 궁녀의 이름을 아는 이가 있다면 그 죄 또한 죽음을 면하지 못할 것이다."

하루는 대군이 바깥에서 돌아와 저희들을 불러 놓고 말씀하셨습니다.

"오늘 문사 모모와 술을 마시고 있는데, 상서로운 푸른 연기가 궁중의 나무로부터 일어나, 혹은 성첩을 에워싸고 혹은 산록을 날고 있었다. 내가 오언일절을 읊고 나서 객으로 하여금 차운하라 하였으나, 하나도 마음에 드는 것이 없었다. 너희들은 나이순대로 각각 지어 올려라."

그래서 먼저 소옥이 지어 올렸고, 다음엔 차례대로 부용, 비취, 비경, 옥녀, 금련, 은섬, 자란과 첩 그리고 보련이 각각 지어 올렸습니다.

푸른 연기는 가늘기 비단 같은데
바람 따라 문으로 들어오네.
짙어지는 듯 옅어지니
황혼이 다가옴도 미처 몰랐네.

하늘로 날아올라 비를 몰아오니
땅으로 떨어졌다 다시 구름 되네.
저녁이 다가오니 산 빛은 어두운데
깊은 생각은 초나라 임금을 그린다네.

꽃이 시드니 벌은 기운을 잃고
대밭이 울밀하니 새는 보금자릴 찾지 못하네.
황혼에 부슬비 내리니
창밖에 빗방울 떨어지는 소리를 듣노라.

작은 은행나무 우거지기 어려운데
홀로 선 대나무는 저마다 푸르구나.
가벼운 그늘은 잠시 무거울 뿐

해가 지면 또다시 황혼이 오네.

해를 가린 엷은 깁은 가늘기도 한데
산에 비낀 푸른 띠는 길기도 하네.
미풍에 불려 점점 사라지니
남은 것은 촉촉한 작은 연못뿐이라.

산 밑에 가득한 연기 쌓이고 쌓여
궁전의 나무 가를 비껴 흐르누나.
바람에 불리어 가누지를 못하는데
저녁 햇빛은 푸른 하늘에 가득하구나.

산골짜기엔 검은 그늘 일어나고
못가에는 푸른 그림자 흐르누나.
날아서 돌아가니 찾을 길 바이 없고
연잎엔 구슬 같은 이슬만이 남아 있구나.

이른 아침 동문은 아직 어두운데
연기 비껴 높은 나무 낮아 보이네.
깜짝하는 사이에 홀연 날아올라

서쪽 산 앞내로 가 버리누나.

멀리 바라보니 푸른 연기 가늘기도 한데
미인은 깁짜기를 멈추네.
바람을 쏘이며 홀로 슬퍼하니
생각은 날아 무산에 떨어지네.

골짜기는 봄 그늘에 덮여 있고
장안은 물 기운에 싸여 있네.
능히 인간 세상을 명하니,
홀연 취주궁이 되누나.

대군이 보기를 마치고 나서 크게 놀라시며 말씀하셨어요.
"비록 만당의 시에 비교하더라도 또한 백중하여 근보(조선 세
종 때의 충신이며 사육신의 한 사람인 성삼문의 자) 이하는 채찍도
잡지 못하겠군."
그러고는 재삼 음미하셨습니다. 그래도 고하를 알지 못하시
더니 얼마 후에야 말씀하셨어요.
"부용의 시상은 초군을 그리워하고 있어 내 매우 가상히 여기
는 바이며, 비취의 시는 소아와 비할 만하고, 옥녀의 시는 의사

가 표일하고 말구에 은은한 여의가 있으니, 이 두 시로 마땅히 으뜸을 삼아야 하겠다."

그러고는 또 말씀하셨습니다.

"내 처음 볼 때에는 우열을 판단할 수 없다가 다시 음미하여 생각해 보니, 자란의 시는 의사가 심원하여 사람으로 하여금 찬탄하다가 춤을 추기 시작하는 것도 깨닫지 못하게 하는 바가 있고, 남은 시도 다 맑고 좋으나, 홀로 운영의 시만이 뚜렷이 외로이 사람을 그리워하고 있는 뜻이 있구나. 어떠한 사람을 생각하고 있는지는 알 수 없으니 마땅히 심문해야 하겠지만, 그 재주를 가상히 여기는 고로 잠시 그냥 두겠노라."

저는 즉시 뜰에 내려가 엎드려 울면서 대답했습니다.

"시를 지을 때에 우연히 떠오른 것이오니, 어찌 다른 뜻이 있겠사옵니까. 이제 대군께 의심을 샀으니 저는 만 번 죽어도 애석한 일이 없겠습니다."

대군은 앉기를 명령하시며 말했습니다.

"시는 성정에서 나오는 것이므로, 가리거나 숨길 수 없는 것이니 너는 다시는 말하지 말라."

그러고는 곧 비단 열 필을 다섯 명에게 나누어 주셨어요.

대군은 저에게 한 번도 뜻을 준 일이 없었으나, 궁인들은 모두 대군의 뜻이 저에게 있는 줄로 알고 있었지요.

열 명은 다 동쪽 방으로 물러 나와 촛불을 높이 켜 놓고 칠보 서안에다 당률 한 권을 갖다 놓고, 옛날 궁녀들이 지은 시의 고하를 논하였습니다. 그러나 저만이 홀로 병풍에 기대어 수심에 잠긴 채 입을 열지 않고 있으니, 그 형상은 진흙으로 만든 사람과 같았습니다.

소옥이 저를 돌아보면서 말했어요.

"낮에 지은 부연시로 인하여 대군의 의심을 샀다 하여 숨은 근심이 되어 말하지 않느냐. 그렇지 않으면 대군의 뜻이 비단 이불 속에 있으므로, 그 이불 속의 즐거움을 당하여 가만히 기뻐하느라고 말하지 않느냐. 너의 마음속에 품고 있는 바를 도무지 알 수가 없구나."

"내 어찌 나의 마음을 모르겠니. 내 방금 이 한 수를 생각하다가 기구를 얻지 못하여 곰곰 생각하느라고 말하지 않았을 뿐이란다."

은섬이 말했다.

"뜻이 다른 데 가 있고 마음에 있지 아니한 까닭으로 옆 사람의 말을 바람이 귀를 스쳐가듯이 하니, 네가 말하지 않음을 알기가 어렵지 않다. 내가 시험해 볼 것이니, 저 창밖의 포도를 시제로 하여 칠언사운을 지어 보아라."

그러면서 재촉하기에 저는 말이 떨어지자마자 바로 지어냈습니다.

그 시는 다음과 같았어요.

꾸불꾸불 덩굴은 용이 움직이는 듯하고

푸른 잎 그늘 이뤄 문득 풍치를 자아내누나.

더운 날의 맹위는 환히 비치고

흐린 하늘 찬 그림자 도리어 밝아라.

덩굴은 뻗어 정을 둔 듯 난간을 감고

열매 맺은 구슬인 양 드리니 따다가 효성을 본받고자.

행여 다른 날 변화하길 기다려

비구름을 몰라 타고 삼청궁에 오르리라.

소옥이 시를 보더니 절을 하며 말했습니다.

"정말로 천하의 기재로구나. 품격이 높지 아니함은 구조와 같
은 바가 있으나 창졸간에 이와 같이 지어 냈으니, 이것이 시인
으로서는 가장 어려운 바이다. 내 마음으로 기뻐하고 복종함은
정말로 칠십 제자가 공자에게 복종하는 것과 같으니라."

이에 자란이 말했습니다.

"말을 삼가야 하는데, 어찌 그렇듯이 지나친 칭찬을 하느냐.
다만 문자가 완곡하고 또한 비등하는 듯한 태가 있다면 그러한

것은 있구나."

그러자 모든 사람이 다 공감했습니다.

"정확한 평이로군."

저는 비록 이 시로써 모든 의심을 푼 셈이나, 그래도 다 풀리지는 않은 것 같았어요.

이튿날 문밖에서 요란한 수레 소리가 들려오더니, 문지기가 쫓아 들어와서 고하기를,

"여러 손님이 오셨습니다."

하므로 대군께서 동각을 소제하게 하고 맞아들이시니 모두 문인과 재사였습니다. 자리를 정하고 나서 대군께서 저희들이 지은 부연시를 내보이시니, 모두 크게 놀라면서 말했습니다.

"뜻밖에 오늘 성당의 음조를 다시 보는 것 같습니다. 우리로서는 견줄 바가 못 됩니다. 이와 같은 보물을 어떻게 해서 얻었습니까."

대군이 미소를 지으면서 말씀하셨습니다.

"무엇이 그러하오. 종 녀석이 우연히 길에서 주워 가지고 왔으므로, 어떤 사람이 지었는지도 알 수 없거니와, 생각건대 필시 여염집 재주 있는 여인의 손에서 나왔을 것이오."

여러 사람이 의심을 풀지 못하고 있는데, 조금 있다가 성삼문이 말했습니다.

"재주를 다른 시대에서 빌린 것이 아니오. 전조로부터 지금에 이르기까지 백여 년 동안 시로써 동국의 이름을 날린 자는 그 수를 헤아릴 수 없습니다. 그러나 혹은 침탁해서 불안하고, 혹은 경청하고 부조하여 모두 음률에 맞지 않고 성정을 잃었습니다. 이제 이 시를 보니, 품격이 청진하고 사의가 초월하여 조금도 진세의 태가 없습니다. 이 시는 반드시 심궁에 있는 사람이 속인과 서로 접하지 아니하고, 다만 고인의 시를 읽고 밤낮으로 읊고 외워서 스스로 마음에 체득한 것입니다. 그 뜻을 자세히 음미해 보면 '임풍독추장(바람을 쏘이며 서서 홀로 슬퍼한다.)'이라고 한 구절은 뚜렷이 사람을 생각하는 뜻이 있고, '풍취자부정(바람에 불리어 가누지를 못한다.)'이라고 한 구절은 난보의 태가 있고, '고황독보청(홀로 선 대나무는 저마다 푸르다.)'이라고 한 구절은 정절을 지키는 뜻이 있고, '유사향초군(깊은 생각은 초나라 임금을 그린다.)'이라 한 구절은 군왕에 대한 정성이 있고, '하엽로주류(연잎에 구슬 같은 이슬만이 남아 있다.)'와 '서악여전계(서쪽 산 앞내로 가 버리다.)'라고 한 구절은 천상의 신선이 아니면 이와 같은 표현을 할 수 없을 것입니다. 격조에는 비록 고하가 있으나 닦은 기상은 모두 같습니다. 궁중에 반드시 열 명의 여선을 기르고 있을 것이니, 원하건대 숨기지 마시고 한 번 보여 주옵소서."

대군은 속으로는 탄복하면서도 겉으로는 고개를 끄덕이지
아니하고 말씀하셨습니다.

"누가 근보더러 시감을 하라고 하였는가. 나의 궁중에 어찌
그러한 사람이 있으리오. 의심도 심하군."

이때 열 명은 창틈으로 가만히 엿듣고는 즐거워하고 탄복하
지 않는 사람이 없었지요.

그날 밤 자란이 지성으로 저에게 말했습니다.

"여자로 태어나서 시집가고자 하는 마음은 누구나 가지고 있
단다. 네가 생각하고 있는 사람이 누구인지는 내 알지 못한다.
하지만 너의 안색이 날로 수척해 가므로, 안타까이 여겨 내 지
성으로 물으니 조금도 숨기지 말고 이야기해 주기를 바란다."

저는 일어나 고마움을 표하며 대답했습니다.

"궁인이 하도 많아 남이 엿들을까 두려워 말을 못하거니와,
이제 지극한 우정으로 묻는데 어찌 감히 숨길 수 있겠니?"
하고 이야기해 주었습니다.

지난 가을 국화꽃이 피기 시작하고 단풍이 떨어지기 시작할
때, 대군이 서당에 홀로 앉아 시녀를 시켜 먹을 갈고 비단을 펴
게 하고서 칠언사운 십 수를 쓰시고 있었는데, 이때 동자가 들
어와 고하더구나.

"나이 어린 선비가 김 진사라 자칭하며 뵈옵겠다 하옵니다."

대군이 기뻐하시면서,

"김 진사가 왔구나."

하시고는 맞아들이게 한즉, 베옷을 입고 가죽 띠를 띤 선비가 빠른 걸음으로 섬돌에 오르는데, 그 모습은 마치 새가 날개를 펴는 것과 같았어. 자리에 와서 절을 하고 앉는데, 얼굴과 거동은 신선계의 사람 같더구나.

대군이 한 번 보고 마음을 기울여 곧 자리를 옮겨 마주 앉으니, 진사가 자리를 절을 올리고 인사를 드렸어.

"외람되이 많은 사랑을 입고 여러 번 존명을 욕되게 하고 있다가 이제야 인사를 올리게 되오니, 황송하기 그지없사옵니다."

이에 대군이 위로하며 말씀하셨어.

"오래전부터 명성을 우러러 듣고 있다가 앉아서 인사를 받게 되니 영광이 온 집안에 가득하고 나에게 온갖 광명을 주었소."

진사는 처음 들어올 때에 이미 우리와 상면하였으나, 대군은 진사가 나이가 어리고 착하므로, 마음속으로 어렵게 여기지 아니하시고 우리로 하여금 피하도록 하지 않으셨어.

대군이 진사를 보고 말씀하셨어.

"가을 경치가 매우 좋으니, 시 한 수를 지어 이 집을 빛나게 하여 주오."

진사가 공손히 사양하며 말하더라.

"헛된 이름이 사실을 어둡게 하고 말았습니다. 시의 격률을 소자가 어찌 감히 알겠습니까."

대군은 금련에게 노래하게 하시고, 부용에게는 거문고를 타게 하고, 보련에게는 단소를 불게 하셨지. 그리고 나에게는 벼루를 받들게 하셨는데, 그때 내 나이 십칠 세였단다. 낭군을 한 번 보자 정신이 어지러워지고 가슴이 울렁거렸는데, 진사 또한 나를 돌아보면서 웃음을 머금고 자주 눈여겨보시더라.

진사가 붓을 잡고 오언사운 한 수를 지었는데, 이러했지.

기러기 남을 향해 가니
궁 안에 가을빛이 깊도다.
물이 차 연꽃은 구슬 되어 꺾이고,
서리 내린 국화엔 금빛이 드리우네.
비단 자리엔 홍안의 미녀요,
옥 같은 거문고 줄엔 백설 같은 음일세.
유하주 한 말에 먼저 취하니,
몸을 가누기 어려워라.

대군이 재삼 읊다가 놀라면서 말씀하셨어.

"진실로 이른바 천하의 기재로다. 어찌 너를 만나기가 어려웠던고."

우리들 궁녀 열 명도 일시에 서로 돌아보면서 감탄을 금치 못했고, 이구동성으로 이렇게 말했지.

"이는 필시 신선이 학을 타고 이 세상에 오신 것이다. 어찌 이와 같은 사람이 있으리오."

대군이 잔을 잡으면서 물으셨어.

"옛 시인 중에서 누가 종장이 되겠느뇨?"

진사가 이렇게 대답하더구나.

"저의 소견으로 말해 볼 것 같으면, 이백은 천상의 신선으로 오래도록 옥황상제의 향안 앞에 있다가, 곤륜산 현포에 내려와 놀면서 옥액을 다 마시고 취흥을 이기지 못하여, 만 가지 나무의 기화를 꺾고 비바람을 따라 인간에 떨어진 기상이옵니다. 또 노왕은 해상 선인으로, 일월이 출몰함과, 구름이 변화함과, 창파가 동요함과, 경어가 분출함과, 도서가 창망함과, 초목이 울밀함과, 갈대의 꽃, 마름의 잎사귀와 물새의 노래와 교룡의 눈물 등을 전부 가슴에 품고 있으니, 이것이 시의 조화로소이다. 당나라 시인 맹호연은 음향이 가장 높으니, 이는 진나라 음악가 사광에게 배워 음률을 습득한 사람이옵니다. 또 당나라 시인 이의산은 선술을 배워 일찍부터 시마를 부렸으며, 일생에 지은 글이 귀어 아님이 없습니다. 이 외에도 다 자기의 특색을 가지고 있으니 어찌 다 말씀드리겠습니까."

"날로 문사와 같이 시를 논하되, 두보로 으뜸을 삼는 이가 많거니와 이것은 무엇 때문인가?"

"그렇습니다. 속유들이 숭배하는 바로써 말씀드릴 것 같으면, 회자가 사람의 입을 즐겁게 하는 것과 같소이다."

"백체가 구비하고 비홍이 지극한데, 어찌하여 두보를 가볍게 보는고?"

"제가 어찌 감히 경하게 보겠습니까? 그 좋은 점을 말할 것 같으면, 곧 한 무제가 미앙궁에 앉아 오랑캐가 중원을 침공하는 것을 통분히 여기고서 장수에게 명하여 치게 할 때 백만 군사가 수천 리를 이은 것과 같고, 그 아름다운 점을 말할 것 같으면, 한나라의 사마상여가 장양부를 읊고, 사마천이 봉선문을 초한 것과 같으며, 그 신선을 구하는 것인즉, 한나라 동방삭이 좌우에 서왕모를 모시고 옥황상제에게 천도를 올리는 것과 같으니, 이것이 두보의 문장이요, 백체를 구비하였다고 말할 수 있습니다. 이백에 비교한다면, 하늘과 땅이 같지 않고, 강과 바다가 같지 않음과 같습니다. 또 왕유와 맹호연에 비한다면, 자미가 말을 몰라 앞서 가고 왕유와 맹호연이 채찍을 잡고 길을 다투는 것과 같습니다."

"그대의 말을 들으니 가슴속이 시원하여 긴 바람을 타고 태청궁에 올라가는 것과 같구려. 다만 두보의 시는 천하의 고문이라 비록 악부에는 족하지 않지만, 어찌 왕맹과 같이 길을 다투랴. 비록 그러하니 이만 그치고, 그대에게 원하건대 또 한 번 시를 지어 이 집을 다시 한 번 빛나게 해 주오."

진사는 곧 칠언사운 한 수를 읊었는데, 그 시는 이러했지.

연기 흩어진 금빛 못에는 이슬 기운 차디찬데
푸른 하늘 물결인 양 맑고 밤은 어이 그리 기뇨.
미풍은 뜻이 있어 주렴을 걷고
흰 달은 정이 많아 작은 방에 들어오네.
뜰에 그늘지니 소나무 도리어 그림자 일고
잔속의 술 맑음은 꽃향기 떠돎이라.
원공이 몸은 작았으나 자못 잘도 마셨으니
괴상타 하지 마오, 술로 취하고 또 미치는 것을.

대군은 더욱 기특하게 여기시고 앞으로 다시 앉으시면서 진사의 손목을 잡고 말씀하셨어.

"진사는 금세의 재사가 아니오. 나로서는 그 고하를 논할 수 없소. 한갓 문장과 필법이 능할 뿐만 아니라, 또한 신묘함을 다

하였으니, 하늘이 그대를 동방에 태어나게 함은 반드시 우연한
일이 아니오."

진사가 붓을 휘날릴 때 먹물이 나의 손가락에 잘못 떨어지니,
마치 파리의 날개와 같더구나. 내가 이것을 영광스럽게 여기고
서 씻어 버리지 않았더니, 좌우의 궁인들이 모두 바라보고 빙그
레 웃으면서 등룡문에 비하기도 했어.

밤이 깊어져 시간을 재촉하거늘, 대군이 몸을 가누지 못하고
졸면서 말씀하셨어.

"내 취했도다. 그대도 물러가 쉬고서 '명조유의포금래'라는
시구를 잊지 말지어다."

이튿날 대군은 재삼 그 두 수의 시를 읊고 탄복하며 이렇게
말씀하셨어.

"마땅히 근보와 더불어 자웅을 다툴 수 있으나, 그 청아한 시
태에 있어서는 앞섬이 있을 것이로다."

나는 이때부터 누워도 잠이 오지 않고, 밥맛이 떨어지고 마음
이 괴로워서 허리띠를 푸는 것조차 잊어버리곤 했는데, 너는 아
무것도 눈치채지 못하더라.

말을 마치자, 자란이 말했습니다.

"그래 내가 몰랐군, 이제 너의 말을 들으니 마치 술에서 깬 것
처럼 정신이 맑아지는구나."

그 후로도 대군은 자주 진사와 만나셨으나, 저희들은 서로 보지 못하게 한 까닭에 저는 매양 문틈으로 엿보았습니다.

하루는 제가 설도전에다 오언사운 한 수를 썼습니다.

베옷 입고 가죽 띠를 띤 선비
옥 같은 얼굴은 신선과 같네.
매양 주렴 사이로 바라보건만
어이하여 월하의 인연이 없는고.
얼굴을 씻으니 눈물은 물이 되고
거문고를 타니 원한은 줄에서 우네.
한없는 원한을 가슴속에 품고
머리를 들어서 홀로 하늘에 하소연하네.

시와 금전(금으로 만든 비녀) 한 쌍을 겹겹이 봉해 가지고 진사에게 부치고자 하였으나 방법이 없었어요.

그날 밤 대군이 술잔치를 베풀었는데, 손님들은 모두 진사의 재주를 칭찬했습니다. 대군이 진사가 지은 두 수의 시를 내 보이니, 돌려 보고는 칭찬하기를 그치지 않으며 모두 한 번 보기를 원했습니다. 대군이 즉시 사람과 말을 보내어 청하였습니다. 얼마 후 진사가 와서 자리에 앉는데, 얼굴은 파리해지고 몸은

홀쭉해져서 옛날의 기상이 아니었어요. 대군이 위로하며,

"진사는 근심하는 마음이 없을 것인데, 못가를 거닐면서 시를 읊노라고 파리해졌는가."

하고 말씀하시니, 모든 사람이 크게 웃었습니다. 진사가 일어나서 사례하고는 말하더군요.

"제가 천한 선비로서 외람히도 대군께 사랑을 받고 복이 지나쳐 화를 낳았습니다. 질병이 몸을 얽어서 식음을 전폐하고 기거를 남에게 의지하고 있다가 이제 후하신 부름을 입고 아픈 몸을 이끌고 와서 뵙는 것입니다."

그러자 좌객이 모두 무릎을 가다듬고 공경했습니다. 진사가 나이 어린 선비로서 말석에 앉으니, 안으로 더불어 다만 벽 하나를 두고 격했을 뿐이었습니다.

밤은 벌써 깊어졌고 뭇 손님은 크게 취하였습니다.

제가 벽을 헐어 구멍을 내어서 들여다보았더니, 진사도 또한 그 뜻을 알고서 구석을 향하여 앉더군요. 제가 봉서를 구멍으로 던져 주었더니, 진사가 주워 가지고 집으로 돌아가서 뜯어 보고는 슬픔을 스스로 이기지 못하며 차마 손에서 놓지를 못했는데, 생각하고 그리워하며 몸을 가누지 못하는 것 같았습니다.

바로 답서는 닦아 가지고 부치고자 하나, 청조가 없어 홀로 근심하고 탄식할 뿐이었어요.

하루는 동문 밖에 사는 한 무녀가 영이함으로써 명성을 얻고, 대군의 궁에 드나들면서 사랑과 신임을 받고 있다는 소문을 듣고 진사가 그 집을 찾아갔답니다.

그 무녀는 나이가 아직 서른도 못 되는 얼굴이 예쁜 여자로, 일찍 과부가 되고는 음녀로 자처하며 살고 있었습니다. 진사님이 옴을 보고는 주찬을 성대히 갖추고서 대접하므로, 진사는 잔을 잡았으나 마시지는 않고 이렇게 말했답니다.

"오늘은 바쁘고 급한 일이 있으니 내일 다시 오겠소."

다음 날 또 가니 또한 그렇게 하므로, 진사는 감히 입을 열지 못하고 또 말했답니다.

"내일 또 오겠소."

무녀는 진사의 얼굴이 속된 티를 벗어난 것을 보고 마음속으로 기뻐하였답니다. 그러나 연일 진사가 왔다가 말 한 번 하지 않으므로, 나이 어린 선비로 반드시 부끄러워 말을 하지 않는 것이니, 내가 먼저 정으로써 돋우어 붙들어 놓고 밤을 새우면서 같이 자리라 마음먹었답니다.

그리하여 다음 날 목욕을 하고 짙은 화장을 하고 화려한 옷을 입고 꽃 같은 담요와 옥 같은 자리를 깔아 놓고, 작은 계집종으로 하여금 문밖에 앉아서 망을 보게 하였답니다.

진사가 또 와서 그 얼굴과 옷의 화려함과 베풀어 놓은 것의 아름다움을 보고 마음속으로 이상하게 여겼더니, 무녀가 말했습니다.

"오늘 저녁은 어떠한 저녁이기에 이같이 훌륭한 분을 뵈옵게 되었을까."

그러나 진사는 무녀에게 아무 뜻이 없었기에 그 말에 대답을 하지 않고 있으니 무녀가 또 말하더랍니다.

"과부의 집에 젊은 남자가 어찌 왕래하기를 꺼리지 않고, 점을 보러 왔다면 왜 자기의 번민을 말하지 않는지요?"

"점이 신통하다던데 어찌 내가 찾아오는 뜻을 알지 못합니까?"

진사가 이렇게 말하니, 무녀가 즉시 영전에 나가 앉아서 신에게 절을 하고는, 방울을 흔들고 점대롱을 어루만지면서 온몸을 추운 듯이 떨며 한참 몸을 움직이다 입을 열어 말하더랍니다.

"당신은 정말로 가련합니다. 불안한 방법으로써 그 뜻을 이루기 어려운 계교를 성취시키고자 하니, 다만 그 뜻을 이루지 못할 뿐만 아니라 삼 년이 못 가서 황천의 사람이 되겠습니다."

이 말을 듣고 진사가 말했습니다.

"당신이 그렇게 말하지 않아도 나는 다 알고 있소. 하오나 마음속에 맺힌 한을 백 가지 약으로도 풀 수 없으니, 만일 당신이 편지를 전하여 준다면 죽어서도 영광이겠습니다."

"비천한 무녀라 궁에서 부르시지 않으면 감히 들어가질 못합니다. 그러하오나 진사님을 위해 한 번 가 보겠습니다."

무녀가 이렇게 말하자, 진사가 품속에서 한 봉서를 내주면서 말씀했답니다.

"조심하오. 잘못 전하고서 화의 기틀을 만드는 일이 없도록 하여 주십시오."

무녀가 편지를 가지고 궁문을 들어가니, 궁 안 사람들이 모두 그가 옴을 괴이히 여기기에, 그 무녀는 권사로써 대답하고는 틈을 엿보아 들을 사람이 없는 곳으로 저를 끌고 가서 편지를 전해 주었습니다. 제가 방으로 돌아와서 뜯어보니 그 편지의 사연은 이러했습니다.

"한 번 눈으로 인연을 맺은 후부터 마음은 들뜨고 넋이 나가, 마음을 진정치 못하고 매양 성 저쪽을 향하여 몇 번이나 애를 태웠는지요. 이전에 벽 사이로 전해 주신 편지로 해서 잊을 수 없는 옥음을 공경히 받아 들고 펴기를 다하지 못하여 가슴이 메고, 읽기를 반도 못하여 눈물이 떨어져 글자를 적시기에, 다 보지를 못하였으니 장차 어찌하오리까.

이러한 후로부터 누워도 자지를 못하고, 음식은 목을 내려가지 않고, 병은 골수에 사무쳐 온갖 약이 효험이 없으니 저승이 보이는 것 같습니다. 오직 소원은 조용히 죽음을 따를 뿐이오니, 하늘이 불쌍히 여겨 주시고 신께서 도와주시와 혹 생전에 한 번이라도 이 원한을 풀어 주게 하신다면, 마땅히 몸을 부수고 뼈를 갈아서라도 천지신명의 영전에 제를 지내겠습니다.

편지를 쓰다 서러워서 목이 메니, 다시 무슨 말씀을 하오리까. 예를 갖추지 못하고 삼가 붓을 놓나이다."

사연 끝에는 칠언사운 한 수가 적혀 있었는데, 그 시는 이러했습니다.

누각은 깊고 깊어 저녁 문 닫혔는데
나무 그늘 구름 그림자 모두 다 희미하여라.
낙화는 물에 떠서 개천으로 흘러가고
어린 제비는 흙을 물고 처마 끝을 찾아가네.
베개에 기대도 이루지 못함은 호접몽이요,
눈을 돌려 남쪽 하늘 보니 외기러기도 날지 않네.
임의 얼굴 눈앞에 있는데 어이 그리 말 없는가
푸른 숲 꾀꼬리의 울음 들으니 눈물이 옷깃을 적시누나.

저는 편지를 다 보고 나니 기가 막혀서 입으로는 말을 할 수 없었고, 눈물이 다하자 피가 눈물을 이었습니다. 병풍 뒤에 몸을 숨기고서 오직 사람이 알까 봐 두려워했습니다.

이러한 후로부터 잠깐 사이도 잊을 수가 없었으니, 시는 선정에서 나오는 것으로 속일 수 없다는 것을 새삼스레 느꼈습니다.

하루는 대군이 비취를 부르더니 이렇게 말했습니다.

"너희들 열 명이 한방에 같이 있으니 공부에 전념할 수 없겠구나."

그러고는 다섯 명을 서궁에 가서 있게 하셨습니다. 저는 자란, 은섬, 옥녀, 비취와 같이 그날로 옮겨 갔습니다. 옮기고 나서 옥녀가 말했습니다.

"그윽한 꽃, 가는 풀, 흐르는 물, 꽃다운 수풀이 정히 산가나 야장과 같으니, 참으로 훌륭한 독서당이라 할 수 있구나."

이에 제가 대답했지요.

"산인도 아니고 중도 아니면서 이 깊은 궁에 갇히었으니, 장신궁이 따로 없다."

그랬더니 좌우궁인들 모두가 자탄하고 울적하게 여기지 않는 이가 없었습니다.

그 후 저는 편지를 써서 뜻을 이루고자 했으며, 진사도 지성으로 무녀를 섬겨 간절히 부탁했습니다. 그러나 무녀는 오기를 좋아하지 않았으니, 아마도 진사의 뜻이 자기한테 없음을 유감으로 여기고 그랬을 것 같기도 합니다.

하루는 저녁에 자란이 저에게 가만히 말했습니다.

"궁 안 사람들이 매년 중추에 탕춘대 밑 개울에서 빨래를 하고는 주석을 베풀었다가 파한다. 금년은 소격서동에서 한다고 하니, 갔다 왔다 하는 사이에 그 무녀를 찾아가 보는 것이 가장 좋은 방책일까 한다."

하기에 저는 그렇게 여겼습니다. 괴로이 중추를 기다리니, 하루가 삼추와 같았습니다. 비취가 그 말을 가만히 엿듣고는 짐짓 알지 못하는 체하고 저에게 말했습니다.

"네가 처음 올 때에는 얼굴빛이 이화와 같아서 화장을 하지 않아도 천연히 아름다운 자태가 있었기에 궁 안 사람들이 괵국부인이라고 불렀는데, 요사이 와서는 얼굴빛이 옛날보다 못하니 이 무슨 까닭인가?"

그래서 제가,

"본래 기질이 허약하여 매양 더운 계절을 당하면 언제나 더워서 마르는 병이 있는데, 오동잎이 떨어지기 시작하고 휘장에서 서늘한 기운이 나오면 그로부터 좀 나아진단다."

하였더니, 비취는 희시 한 수를 읊어 주는 것이었습니다.

희롱하는 뜻이 없지 않았으나 시상은 절묘했습니다. 저는 그 재주를 기특히 여기면서도 그 농에 대해서는 부끄럽게 여겼습니다.

그럭저럭 두어 달이 지나 계절은 가을로 접어들었습니다. 서늘한 바람이 저녁에 일어나고, 가는 국화는 황금빛을 토하며, 풀숲의 벌레는 소리를 가다듬고, 흰 달은 환히 비추었습니다. 저는 이미 서궁 사람들이 알고 있었으므로, 숨길 수 없어서 사실대로 고하고 나서 부탁했습니다.

"남궁 사람들이 알지 못하도록 하여 다오."

이때에 기러기가 남쪽을 향하여 날고 풀잎에는 구슬 같은 이슬이 맺히니, 맑은 시내에서 빨래하기 좋은 때라 궁녀들이 빨래할 날과 장소를 정하려고 했으나, 의견이 맞지 않았습니다. 빨래할 장소를 구하는데 남궁 사람들이 말했습니다.

"맑은 물과 흰 돌은 탕춘대 밑보다 더 나은 데가 없단다."

그러자 서궁 사람들도 나섰습니다.

"소격서동의 물과 돌은 바깥에서 더 내려가지 않는다. 어찌 반드시 가까운 곳을 버리고 먼 데를 구하나?"

그러나 남궁 사람들이 고집을 부려 승낙하지 않으므로, 결정 짓지 못하고 그만두고 말았지요. 그날 밤 자란이 말했습니다.

"남궁 다섯 사람 중에서 소옥이 주론이니, 내 묘계로써 그 뜻을 돌려보리라."

그러고는 옥등으로 길을 밝혀 남궁으로 가니, 금련이 반가이 맞이하면서 말했습니다.

"한 번 서궁으로 갈라진 후로 서로 떨어지기가 진나라와 초나라 같은 사이가 되었는데, 뜻밖에 이렇게 귀한 몸이 오셨으니 참으로 고맙구나."

그러자 소옥이 말했습니다.

"무엇이 고마울 것이 있니, 설득하려고 왔단다."

자란이 옷깃을 가다듬고 얼굴빛을 바로 하며 말했습니다.

"남의 마음에 있는 것을 헤아릴 수 있다니, 너 말해 주겠니?"

그러자 소옥이 말했습니다.

"서궁 사람들은 소격서동으로 가자고 하는데, 이러나저러나 좋지 않니?"

"서궁 다섯 사람 중에 내 홀로 성내로 가고자 하는 거야."

"홀로 성내를 생각하고 있는 것은 그 무슨 까닭이냐?"

"내 들으니, 소격서동은 곧 천황을 제사 지내던 곳이므로 동네 이름을 삼청동이라 하였다 한다. 우리 열 명은 필시 삼청궁의 선녀로서 황정경을 잘못 읽고 인간에 귀양 왔을 것이다. 이미 진세에 있은즉, 산가, 야촌, 농막, 어점 등 어느 곳이든 다 좋다. 그러나 심궁에 굳게 갇히어 마치 농중의 새와 같은 바가 있으니, 꾀꼬리 울음을 들어도 탄식하고, 푸른 버들을 대하여도 한숨짓고, 제비가 쌍쌍이 날고 새가 마주 앉아서 졸고 있는 것을 보아도 외로워진다. 풀도 즐거움을 나누지 않음이 없거늘, 우리 열 명은 홀로 무슨 죄가 있어서 적막한 심궁에서 길이 일신을 썩여야 하는가. 봄 꽃, 가을 달을 바라보며 다만 등불을 벗 삼아 넋을 태우며, 허무하게도 청춘을 포기하고 공연히 땅속의 원한만을 끼치게 되었으니, 부명의 박함이 어찌 그리 이다지도 심한가. 인생은 한 번 늙으면 다시는 젊어지지 아니하니, 다시 생각해도 어찌 슬프지 아니하겠는가. 이제 맑은 시내에 가서 목욕하여 몸을 깨끗이 하고서 태을궁에 들어가 머리가 땅에 닿도록 백 번 절하고 손 모아 빌며 숨은 도움을 달라고 해서 내세에 가더라도 이와 같은 고생을 면하고자 함이니, 어찌 다른 뜻이 있겠니. 우리 궁인은 정의가 동기와 같은데, 이 한 일로 인하여 남에게 부당한 의심을 사서야 되겠니. 내 까닭 없이 믿을 수 없는 말을 하지 않는다."

소옥이 일어나서 사과하며 말했습니다.

"내 이치에 밝지 못하여 그대에게 미치지 못함이 멀었구나. 처음 성내를 승낙하지 않은 것은, 성내에는 본래 무뢰한 협객의 무리가 많아서 뜻밖의 강포한 욕이 있을까 근심한 까닭으로 의심했다. 이제 네가 나를 멀리 아니하고 다시 서로 통하게 하였으니, 이로부터는 비록 하늘에 올라간다고 하더라도 내 따를 것이며, 강으로부터 바다에 들어간다고 할지라도 따를 것이다."

그러나 부용이 말했습니다.

"무릇 일이라는 것은 먼저 마음으로부터 정하는 것이 옳거늘,

말로 결정하지도 않았는데 둘이 서로 다투어 밤새도록 결정하지 못하고 있으니 일이 순조롭지 못하겠구나. 한 집안의 일을 대군께는 알리지 않고 우리끼리만 밀의를 하니 이것은 불충이라 할 수 있으며, 낮에 다툰 일을 밤도 깊기 전에 굴복하고 말았으니 이것은 불신이라 하지 않을 수 없다. 또 가을에는 옥같이 맑은 시내가 없는 곳이 없거늘, 꼭 성내로만 가려고 하니 이것도 옳다고 할 수 없고, 비해당 앞은 물이 맑고 돌이 희므로 해마다 거기에서 빨래를 했는데 이제 와서 다른 곳으로 바꾸고자 하는 것도 또한 옳지 않으니, 다른 사람이 다 간다고 하더라도 나는 따르지 않겠다."

또 보련이 말했습니다.

"말이라 하는 것은 문신하는 도구와 같으니, 삼가느냐 삼가지 않느냐에 따라서 복과 화가 따르는 것이다. 그러므로 군자는 말을 조심하고 입을 지키기를 병과 같이 한단다. 한나라 때의 명상 장량은 종일 말을 하지 않아도 일을 이루지 못함이 없었으며, 색부는 이로운 말을 척척 잘하였으나 장석의 참소한 바되었단다. 이로써 보건대 자란의 말은 무엇을 숨겨 두고 말하지 않는 것이고, 소옥의 말은 강하면서도 마지못해 좇는 것이며, 부용의 말은 말을 꾸미는 데만 힘을 쓰니, 다 나의 뜻에 맞지 않으므로 이번 행차에 나는 같이 안 가겠다."

또 금련이 말했습니다.

"오늘 저녁의 의논은 마침내 합의를 보지 못하였으니 내 점을 쳐서 화의하리라."

그러고는 곧 《주역》을 펴 놓고 점을 쳐 얻은 괘를 풀어서 말했습니다.

"내일 운영은 반드시 장부를 만나리라. 운영의 얼굴과 거동은 인간 세상에 살고 있는 사람이 아닌 것 같다. 그래서 대군께서 운영에게 마음을 기울인 지가 이미 오래되었으나, 운영이 죽음으로써 거역하고 있음은 다른 이유가 있는 것이 아니라 차마 부인의 은혜를 저버리지 못함이라. 대군의 명령이 비록 엄하나 운영의 몸이 상할까 두려워하는 까닭으로 감히 가까이하지 못하고 있다. 이제 이 쓸쓸한 곳을 버리고 번화한 땅으로 가고자 하고 있으니, 유협 소년들이 그 자색을 볼 것 같으면 반드시 넋을 잃고 미친 것 같은 자가 있을 것이다. 비록 서로 가까이하지는 못하나, 손가락질하며 눈짓을 할 것이니 이것 또한 욕이다. 전일에 대군께서 명을 내리시기를, 궁녀가 문을 나가거나 바깥사람이 궁녀의 이름을 알 것 같으면 그 죄는 죽음을 당하리라 하셨으니, 금번 행차에 나로서는 참가할 수 없다."

이에 자란은 일이 이루어지지 않을 줄 알고는, 실심한 듯이 좋아하지 아니하고 바야흐로 돌아가려고 했지요.

그런데 비경이 울면서 비단 띠를 잡고 억지로 만류하고는, 앵무잔에다 운화주를 따라 권하기에 좌우에 있던 사람들이 다 마셨더이다.

이때 금련이 말했습니다.

"오늘 저녁의 모임은 조용히 파해야 할 것인데, 비경이 우니 나도 정말 괴롭구나."

그러자 비경이 말했습니다.

"처음 남궁에 있을 때 운영으로 더불어 사귀기를 깊이 하여 사생과 영욕을 같이하기를 약속하다 이제 비록 거처를 달라졌으나 어찌 잊을 수 있겠니. 전날 대군 앞에서 문안을 올릴 때 운영을 당 앞에서 보니, 가는 허리가 말라서 더 가늘어졌고, 얼굴은 핼쑥하였으며, 목소리는 가늘어서 들릴락 말락 하더라. 일어나 절을 할 때에 힘이 없어 땅에 넘어지기에 내가 붙들어 일으키고는 좋은 말로 위로하였더니, 운영이 이렇게 대답하더라.

'불행히 병을 얻어 명이 조석에 있으니 나의 천한 목숨은 죽어도 애석함이 없지마는, 아홉 명의 문장과 재화가 날로 피어나고 다달이 빛나서 다른 날 아름다운 시편과 고운 작품이 일세를 움직일 텐데, 그것을 볼 수 없으니 이로써 슬픔을 금할 수 없다.'

그 말이 하도 처절하여서 내가 눈물을 흘렸거니와, 이제 와서 생각해 봐도 그 병이 참으로 위중하니 어찌 슬프지 않겠니.

자란은 운명의 벗이라, 죽음에 임한 사람을 천단 위에 두려고 하는 것도 난감한 일일 것이다. 오늘의 계획이 만일 이루어지지 못한다면 황천에 가서도 눈을 감을 수 없을 것이요, 원한은 남궁으로 돌아올지도 모르는 일이다.

《서경》에 말하기를, '좋은 일을 하면 하늘이 백 가지 상서로운 것을 내려 주시고, 좋지 않은 일을 하면 하늘이 백 가지 재앙을 내려 주시나니.'라 하였는데, 오늘의 이 의논이 좋은가 좋지 않은가를 생각해 보도록 하자."

또 수옥이 말했습니다.

"내 이미 허락하였고, 세 사람의 뜻도 이미 따르기로 했으니 어찌 중도에서 그만두겠는가. 설혹 일이 누설된다고 할지라도 운영이 홀로 그 죄를 당할 것이다. 나는 대언하지 않고 마땅히 운영을 위해 죽기로 결심했다."

이에 자란이 말했습니다.

"따르는 사람이 반이요, 따르지 않는 사람이 반이니 일은 다 틀렸노라."

그러고는 일어나서 가려다가, 다시 들어와 앉아 그 뜻을 살폈습니다. 혹 따르고는 싶지만 일구이언하는 것을 부끄럽게 여기는 것 같으니까, 자란이 다시 말했습니다.

"모든 일에는 정도도 있고 권도도 있는데, 권도를 맞게 하면 그것이 또한 정도이다. 어찌 변통의 권도를 쓰지 않고 먼저 한 말을 굳게 지키려고 하느냐?"

그러자 좌우의 사람들이 일시에 따랐고, 자란은 이렇게 덧붙여 말했습니다.

"나는 말하기를 좋아하지 않는다. 남을 위하여 일을 도모하다가 얻지 못하면 결코 말하지 않는다."

그 말에, 비경이 말했습니다.

"옛날 소진은 육국으로 하여금 합종(강대한 진나라에 한, 위, 조, 연, 제, 초나라가 동맹, 대항하여야 한다고 주장하여, 기원전 333년에 드디어 여섯 나라의 합종에 성공하였음)하도록 하였거니와, 이제 자란은 능히 다섯 사람을 승복하게 하였으니 변사라 해도 좋겠구나."

자란이 말했습니다.

"소진은 육국의 상인을 찼는데, 이제 그대들은 어떠한 물건을 주려고 하는가."

그러자 금련이 말했습니다.

"합종은 육국의 이익이나, 이제 이 승복은 우리 다섯 사람에게 무슨 이익이 있는가?"

그러자 모두들 마주 보며 크게 웃었고, 자란이 고마움을 표했습니다.

"운영의 목숨을 다시 잇게 해 주었으니, 착한 남궁 사람들이 어찌 사례하지 않으리오. 오늘의 일은 다섯 사람이 따르기로 했다. 위에는 하늘이 있고 밑에는 땅이 있으며 촛불이 비치고 귀신이 엿보고 있으니, 내일 다른 말 하는 사람은 없겠지."

그러고는 일어나서 절을 하며 돌아가니, 다섯 사람이 다 중문까지 나가 전송하였습니다.

자란이 돌아와서 저에게 말하기에, 저는 벽을 기대고 일어나서 절을 하며 감사의 마음을 전했습니다.

"나를 낳은 사람은 부모이고 나를 살려 준 사람은 너구나. 땅에 들어가기 전에 맹세코 이 은혜를 갚으리라."

앉아서 아침을 기다리는데 소옥과 남궁의 네 사람이 들어와 문안을 하고는 물러 나가 중당에 모이니, 소옥이 말했습니다.

"하늘은 환히 맑고 물은 차니, 정히 빨래할 때를 당하였구나. 오늘 소격서동에다 휘장을 치는 것이 좋겠다."

이에 반대하는 사람은 없었습니다. 저는 물러 나와 서궁으로 돌아가서 흰 나삼에다 가슴속에 가득 찬 슬픔과 원한을 써서 품에 넣고는, 자란과 같이 일부러 뒤처져 있다가 마부에게 일렀습니다.

"동문 밖에 있는 무녀가 영험하다고 하니, 내 그 집에 가서 병을 묻고 오겠다."

이렇게 하여 저는 무당을 찾아가 좋은 말로 애걸했습니다.

"오늘 찾아온 것은 김 진사를 한 번 만나 보고 싶은 것뿐이니, 기별해 주신다면 몸이 다하도록 은혜를 갚겠어요."

무녀가 그 말대로 사람을 보냈더니, 진사가 엎어지며 자빠지며 쫓아왔습니다. 둘이 서로 만나니 할 말도 하지 못하고 다만 눈물을 흘릴 뿐이었지요. 제가 편지를 주면서 말했습니다.

"저녁에 돌아올 것이니 낭군님은 여기서 기다려 주옵소서."

그러고는 바로 말을 타고 갔습니다. 진사에게 전한 편지의 사연은 이러했습니다.

"일전에 무녀가 전해 준 편지에는 낭랑한 옥음이 종이에 가득하였습니다. 정녕 마음으로 읽고 또 읽어 보니 슬프고도 기뻐서 마음을 진정하지 못하고 바로 답서를 보내고자 하였사오나, 이미 전할 길이 없었습니다. 또한 비밀이 샐까 봐 두려워서 고개를 들어 멀리 바라보며 날아가고 싶으나, 날개가 없으니 애가 끊어지고 넋이 사라져 다만 죽을 날을 기다릴 뿐이옵니다. 죽기 전에 이 편지로 제 평생의 한을 다 털어 놓고자 하오니 원컨대 낭군께서는 마음에 새겨 두옵소서.

저의 고향은 남쪽이옵니다. 부모님은 저를 여러 자녀 가운데서도 유달리 더 사랑하시어, 무슨 일이든 저 하고 싶은 대로 맡겨 두셨습니다. 그래서 숲 속에 돌과 매화나무, 대나무, 귤나무,

유자나무 등의 그늘에서 날로 놀기를 일삼으니, 이끼 낀 바위에서 고기 낚는 무리와 소 먹이기를 파하고 피리를 희롱하는 아이들이 아침저녁으로 눈에 들어왔으며, 그 밖에 산야의 풍경과 전가의 재미는 이루 다 들 수 없사옵니다. 부모님은 삼강오륜의 행실을 가르치시고 또한 칠언당음을 가르쳐 주셨습니다.

그러다가 열세 살 때에 대군의 부르심을 받아 부모 형제와 이별하고 궁중에 들어오니, 집으로 돌아가고 싶은 마음 금할 수가 없었습니다. 그래서 더벅머리와 때 묻은 얼굴과 남루한 의상인 채로 사람들에게 더럽게 보이려고 뜰에 엎드려 울었더니, 궁인이 보고 말하기를 '한 연꽃 가지가 뜰 가운데서 피어났다.'고 하셨습니다. 대군의 부인은 저를 기출과 다름없이 사랑해 주셨으며 대군도 보통으로 여기지 않았습니다. 또한 궁 안 사람들 모두가 골육처럼 아껴 주었고, 공부를 하면서부터 의리를 알았으며 음률을 살폈더니 여러 궁인이 감복해 마지않았습니다.

서궁으로 옮긴 후로부터 금서에만 전념하여 조예가 더욱 깊어져서 무사들이 지은 시는 하나도 눈에 걸리는 것이 없었습니다. 오직 남자가 되어서 입신양명을 하지 못하고 홍안박명의 몸이 되어 한 번 심궁에 갇히고는 마침내 시들어지게 되었음을 한할 따름이옵니다.

인생이 한 번 죽으면 누가 다시 알아주리까. 이럼으로써 한은 마음을 얽고 원은 가슴을 눌렀습니다. 매양 수놓기를 그치고 마음을 등불에 붙이며, 깁짜기를 파하고 북을 던지고 베틀에서 내려와 비단 휘장을 찢어 버리고 옥비녀를 꺾어 버렸습니다.

잠시 주흥을 얻으면 모든 것에서 벗어나 산보를 하면서 섬돌의 꽃을 쳐서 떨어지게 하고 뜰의 풀을 손으로 뽑아 버리니 어리석음과 같고 미친 것과 같았으나 스스로 억제하지 못하였습니다.

지난 가을 달 밝은 밤에 낭군님의 얼굴과 거동을 한 번 보고는 마음속으로 천상의 신선이 인간에 적하하였는가 하고 여겼습니다. 저의 얼굴이 아홉 사람보다 가장 못났는데도 어떤 전생의 인연이 있었는가, 어찌 필하의 일점을 알고서 마침내 가슴속에 원한을 맺는 실마리가 되었는지요. 발 사이로 바라봄으로써 봉기추의 인연이 될까 하고 헤아려 보았으며, 꿈속에서 만나 봄으로써 장차 있을 수 없는 사랑을 이어 볼까 하였답니다.

비록 한 번도 이불 속의 즐거움은 없었사오나 옥 같은 낭군님의 얼굴이 눈에 아롱거려 배꽃에서 우는 두견새의 울음과 오동잎에 여린 풀이 나오는 것과 가을이 되어 하늘에 날고 있는 외기러기는 처량하여 차마 볼 수가 없었습니다. 혹은 병풍에 기대어 서서 가슴을 치고 발을 구르면서 푸른 하늘에 홀로 하소연할 뿐이오니, 알지 못하나 낭군님도 또한 저를 생각하고 있는지요.

다만 한스러운 것은 낭군님을 보기 전에 먼저 죽어진즉, 땅이 늙고 하늘이 거칠어져도 이내 정만은 사라지지 않으리이다.

오늘 빨래하러 가는 행차에는 양궁의 시녀들이 다 모이는 까닭으로 여기에 오래 머물러 있을 수 없사옵니다. 눈물은 먹물로 화하고, 넋은 비단실에 맺혔사오니, 엎드려 원하건대 낭군님께서는 한 번 보아 주옵소서.

또한 졸구로써 전번의 시구에 삼가 답하옵니다. 이것은 희롱함이 아니라 자못 호의로 부친 것이옵니다."

그 글은 가을을 맞이하여 상심하는 글이었고, 그 시는 상사의 시였습니다.

그날 저녁 나올 때에 자란이 저와 같이 먼저 나와서 동문 밖을 향한즉, 소옥이 미소하면서 절구 한 수를 지어서 주는데, 저를 기롱하는 뜻이었습니다.

저는 마음속으로 부끄럽게 여겼으나, 참고 그 시를 보니 이러하였습니다.

태을사 앞 물 한 번 돌아드니
천단에 구름 흩어지고 구문이 열리도다.
가는 허리는 광풍을 이기지 못해
잠시 숲 속에 피하였다가 날 저물어 돌아오도다.

자란이 곧 차운하였고 비취와 옥녀도 서로 이어서 차운하니, 이 또한 저를 희롱하는 뜻이었습니다.

제가 말을 타고 다시 무녀의 집으로 가 보니, 무녀가 뾰로통한 얼굴을 하고 벽을 향해 앉아 있었습니다. 그리고 진사는 종일 느껴 울었는지, 옷소매로 얼굴을 가리고 넋을 잃은 모습으로 앉아 있었는데 제가 온 것도 알지 못하는 것 같았습니다. 저는 왼손에 차고 있던 운남의 옥색 금환을 풀어서 진사의 품속에 넣어 주며 말했습니다.

"낭군님께서는 저로써 박정하다 아니하시고 천금 같은 귀한 몸을 굽혀 더러운 집에 와서 기다리시니, 제가 비록 불민하오나 또한 목석이 아니오니 감히 죽음으로써 그 뜻을 받들겠나이다. 제가 앞뒤 틀린 말을 하지 않는다는 징표로, 이 반지를 받아 주십시오."

그러고는 갈 길이 바빠 작별을 고하니 흐르는 눈물이 비와 같았습니다. 그때 저는 진사의 귀에다 대고 말했습니다.

"제가 서궁에 있으니, 낭군님께서 밤을 타 서쪽 담을 넘어 들어오시면 삼생에서 미진한 인연을 이을 수 있을 것입니다."

말을 마치고는 떨치고 나와서 자란과 함께 먼저 궁문을 들어오니, 여덟 사람도 뒤따라 들어오는 것이었습니다.

그날 밤 삼경에 소옥이 비경과 함께 촛불로 불을 밝히고 서궁으로 와서 말했습니다.

"낮에 읊은 시는 무정한 데서 나왔고 희롱하는 말이 되고 말았구나. 그래서 깊은 밤을 피하지 아니하고 험로를 무릅쓰고 와서 사과한다."

그 말을 자란이 받아 말했습니다.

"다섯 사람의 시는 다 남궁에서 나오지 않았느냐. 한 번 궁을 나눈 후로부터 자못 형적이 있어 당시에 우이의 당과 같은 것이 있으니, 어찌 그렇지 않으리오. 여자의 정인즉 하나라. 오래도록 심궁에 갇히어 외그림자만을 길이 조상하게 되었으니, 오직 대하는 것이라곤 촛불뿐이요, 하는 것이라곤 거문고 타고 노래 부르는 것뿐. 백화는 꽃송이를 머금고 웃고 있으며, 쌍연은 나래를 엇바꾸면서 즐기고 있으나, 박명한 우리들은 다같이 심궁에 갇히어 사물을 볼 때마다 봄을 생각하니 그 심정이 오죽하겠는가. 아침에는 구름이 되고 저녁에는 비가 된다는 무산의 신녀는 자주 초왕의 꿈에 돌아갔으며, 왕모 선녀는 요대의 잔치에 여러 번 참여하였거니와, 여자의 뜻은 의장 다름없거늘, 남궁 사람들은 어찌하여 홀로 항아(달나라에서 산다는 선녀)와 같이 정절을 굳게 지키면서 영약을 도적질하였음을 뉘우치지 아니하는가."

그 말에 비경과 옥녀가 흐르는 눈물을 참지 못하고 자신들의 방으로 돌아갔습니다.

그러자 제가 자란보고 말했습니다.

"오늘 저녁에는 나와 진사님 간에 금석의 약속이 있으니, 오늘 오지 않으면 내일은 반드시 담을 넘어오리라. 오면 어떻게 대접할까?"

"수놓은 휘장이 겹겹이 둘러 있고 비잔 좌석이 찬란하며, 술은 내와 같고 고기는 산더미같이 있는데, 아니 오면 그만이거니와 온다면 대접하기가 무엇이 어렵겠니."

그날 밤에는 과연 오지 않았습니다. 진사가 가만히 그곳을 돌아본즉, 담이 높고 험준하여 스스로 몸에 날개를 갖추지 아니하고는 넘어올 수 없었더랍니다. 집으로 돌아가서 맥맥히 말도 하지 않고 근심을 얼굴에 나타내고 있는데, 이름이 특이라고 하는 한 동복이 진사의 얼굴빛을 보고는 무릎을 꿇고 이렇게 말하더랍니다.

"진사께서는 필경 세상에서 오래가지 못하리이다."

그러고는 뜰에 엎드려 울기에, 진사가 꿇어 앉아 그의 손목을 잡으며 회포를 다 말했답니다.

"어찌 진즉 말하지 않으셨습니까. 제 마땅히 일이 되도록 해보겠습니다."

그러자 특이 이렇게 말하고 사다리를 만들었습니다. 접었다

폈다 할 수 있는데 매우 가벼웠으며, 접으면 병풍을 접는 것과 같고 펴면 오륙 장가량이나 되지만 손바닥 위에서 운반할 수 있듯이 편리했답니다. 그리고 특이 이렇게 가르쳐 주었습니다.

"이 사다리를 가지고 궁전의 담을 올라 넘어가서는 안에서 접어 두었다가 돌아올 때에도 또한 그와 같이 하소서."

진사가 특에게 뜰에서 시험해 보라 하였더니 과연 그의 말과 같아서, 진사는 매우 기뻐했습니다. 그리고 그날 밤 궁중으로 가려고 할 때, 특이 품속에서 털옷과 가죽 버선을 내주면서 말했습니다.

"이것이 있으면 넘어가기가 어렵지 아니할 것입니다."

진사는 그 계교를 써서 담을 넘어 숲 속에 엎드리니, 달빛은 낮과 같았으며 궁 안은 조용했습니다. 조금 있다가 사람이 안에서 나와 산보하면서 작은 소리로 시를 읊기에, 진사는 숲을 헤쳐 머리를 내놓고 말했습니다.

"어떠한 사람인데 여기에 오느뇨?"

그러자 그 사람이 웃으면서 말했습니다.

"이리 나오소서, 이리 나오소서."

진사는 나아가 절을 하니, 자란이었습니다.

"나이 어린 사람이 풍류의 흥취를 이기지 못하여 만사를 무릅쓰고 감히 여기에 들어왔사오니, 엎드려 원하건대 낭자께서는 나를 어여삐 여겨 주옵소서."

이 말에 자란이 말했습니다.

"큰 가뭄에 비를 바라듯 진사님 오시기를 고대했는데, 이제야 뵈옵게 되어 저희들이 마냥 기쁘오니 진사님은 의심하지 마옵소서."

그러고는 바로 진사를 이끌고 모시고 들어갔습니다. 진사가 층계를 거쳐 굽은 난간을 따라 몸을 가다듬고 들어오실 때, 저는 사창을 열어 놓고 옥등을 밝혀 놓고 앉아 짐승 모양의 금화로에 향을 피우고 기다리고 있었습니다. 그리고 유리 같은 책상에다 《태평광기》 한 권을 펴 놓고 있다가, 진사가 들어오자 일어나 절을 올렸습니다. 그러자 진사도 답례를 했습니다. 저는 자란에게 부탁해 진수성찬을 차려 놓고, 진사에게 자하주를 따라서 권했습니다. 진사는 석 잔을 마시고 좀 취한 듯이 말했습니다.

"밤이 얼마나 깊었는가?"

자란이 곧 그 뜻을 알고는 휘장을 드리우고 문을 닫고 나가더이다. 제가 등불을 끄고 잠자리에 드니 그 즐거움은 가히 아실 것입니다. 밤은 곧 새벽이 되고 뭇 닭은 날 새기를 재촉하기에 진사는 바로 일어나 돌아가셨습니다.

이후로부터는 밤에 들어와서 새벽에 돌아가기를 하루도 빼먹는 날이 없었지요. 사랑은 깊어 가고 정은 두터워져 그만둘 수가 없었습니다. 그러다 보니 궁중 담 안의 눈 위에 자주 발자취가 남게 되었습니다. 궁인들은 그것이 진사의 것인 줄 알고 걱정하지 않는 이가 없었습니다.

하루는 진사가 좋은 일의 끝이 화가 될까 봐 문득 근심하고 있는데, 특이 들어와 말했습니다.

"저의 공이 매우 컸는데, 저와 의논하지 않으시니 매우 섭섭하옵니다."

"내 마음속에 새겨 두고 잊지 않고 있으니, 조만간 상을 후하게 내리리라."

그러자 특이 물었습니다.

"진사님의 얼굴빛에 근심이 있는 것 같은데 무슨 까닭이옵니까?"

"안 보자니 병이 마음과 골수에 들고, 보자니 헤아릴 수 없는 죄를 지으니 어찌 근심하지 않겠느냐?"

"그러면 어찌하여 남몰래 업고 도망가지 않으십니까?"

특의 말을 듣자, 진사는 그렇게 하기로 마음먹었습니다. 그리고 그날 밤 특의 꾀를 저에게 말했습니다.

"특은 노비지만 지모(智謀)가 많아 이렇게 가르치니 그 계교가 어떠하오?"

저는 허락하며 말했습니다.

"저의 부모는 재산이 많은 까닭으로 제가 올 때에 의복과 보화를 많이 싣고 왔으며, 또 대군이 주신 것이 매우 많습니다. 하지만 이 물건들을 내버리고는 갈 수 없사오니, 어떻게 하면 좋으리이까? 말 열 필로도 다 운반할 수 없어요."

진사가 돌아가서 특에게 말하니, 특이 크게 기뻐하며 일러 주었습니다.

"무엇이 어려울 게 있사옵니까. 저의 벗 중에 역사 이십 명이 있사온데, 이들을 시키면 태산도 옮길 수 있을 것입니다."

그리하여 많은 의복과 보화를 밤마다 수습하여 이레 만에 바깥으로 옮겨 놓을 수 있었습니다.

일을 마치자 특이 말했습니다.

"이와 같은 보화를 본댁에 쌓아 두면 상전께서 반드시 의심하실 것이고, 저의 집에 쌓아 두면 이웃 사람들이 반드시 의심할 것이니 장차 어떻게 하시렵니까? 도리가 없을 것 같으면, 산중에다 구덩이를 파고서 깊이 묻어 두고 굳게 지키면 좋을 것 같습니다."

"만약 혹 잃게 되면 나와 너는 도적이라는 이름을 면하기 어려울 것이니, 너는 조심해서 지켜라."

그런데 이는 특의 계략으로, 저와 진사를 산골로 끌고 들어가 죽이고는 저와 재보를 자기가 차지하려는 계획이었습니다. 그러나 진사는 오활한 선비라 이를 알지 못했습니다.

그런데 하루는 대군이 이전에 비해당을 구축하고는 가작을 얻어 현판에다 걸고자 했습니다. 그러나 문사들의 시가 다 뜻에 차지 않자, 잔치를 베풀어 놓고 진사를 강제로 불러서 간청했습니다. 진사가 한 번 붓을 휘둘러 글을 지어내니, 한 점도 더할 수 없이 산수의 경색과 집 지은 모습을 전부 표현한지라 모두를 놀라게 할 만했습니다.

대군이 칭찬하며,

"뜻밖에 오늘 다시 선인을 보게 되었구나."

하시고는 조용히 읊으시기를 마지않다가, '수장암절풍류곡'이라는 시구에 와서는 멈추면서 의심스러워했습니다.

진사가 일어나 절하면서 말했습니다.

"취하여 글씨를 살필 수 없사오니, 원하건대 물러가게 하여 주옵소서."

그러자 대군이 노복에게 명하여 부축하여 보냈습니다.

이튿날 밤에 진사가 대군의 궁에 갔다가 돌아와서 급히 저에게 말했습니다.

"도망가는 것이 좋겠소. 어제 지은 시에서 대군의 의심을 샀으니, 오늘 밤에 도망가지 않으면 후환이 있을까 두렵소."

"어제 저녁 꿈에 한 사람을 보았는데, 얼굴이 흉악했습니다. 그는 스스로 모돈선우라 칭하면서, '이미 숙약이 있는 까닭으로 장성 밑에서 오래도록 기다렸노라.' 하기에 깜짝 놀라서 깨어 일어났습니다. 꿈이 예사롭지 아니하니 낭군님도 생각하여 보옵소서."

"꿈이라는 것은 허망한 것인데 어찌 믿을 수 있겠소?"

"그 장성이라고 말한 것은 궁장이며, 그 모돈이라고 말한 것은 특이라 여겨집니다. 낭군님은 그 노복의 마음을 잘 알고 계신지요?"

"그놈은 본래 미련하고 음흉하지마는, 나에게 충성을 다했소. 오늘 낭자와 더불어 좋은 인연을 이루게 함도 다 그놈의 계교요. 그런데 어찌 악한 일을 하겠소?"

"낭군님의 말씀을 어찌 감히 거역하리이까. 다만 형제의 정을 나눈 자란에게는 말하지 않을 수 없겠습니다."

그러고는 자란을 불러 말했더니, 자란이 크게 놀라면서 저를 탓하는 것이었습니다.

"서로 즐거워한 지가 오래되었는데, 어찌 스스로 화근을 부르려 하니? 한두 달 동안 만난 것도 족한데, 담을 넘어 도망하는 것은 사람으로서 차마 할 수 없는 일이야. 대군이 뜻을 기울이신 지 이미 오래되었으니 도망할 수 없음이 그 하나요, 부인이 근심해 주시고 사랑해 주심이 지극하였으니 도망하지 못함이 그 둘째요, 화가 양친에게 미칠 것이니 도망할 수 없음이 그 셋째요, 죄가 서궁에 미칠 것이니 도망할 수 없음이 그 넷째다. 또한 천지는 한 그물 속이니 하늘로 올라가거나 땅으로 들어가지 않는 이상 도망간들 어디로 가겠니. 혹 잡힐 것 같으면 그 화가 너에게만 미치지 않을 것이다. 꿈이 상서롭지 못하다는 것은 그만두고라도 만약 길한 꿈을 꾸었다고 해도 기쁘게 가지는 못할 거야. 마음을 굽히고 뜻을 누르고서 정절을 지켜 평안히 있으면 천리를 듣는 것만 같아, 너의 얼굴이 좀 쇠하면 대군의 사랑도 흐려질 것이니, 일의 형세를 보아 병이라 칭하고 누워 있으면 반드시 고향으로 돌아가도록 허락해 주실 것이다. 그때에 낭군과 손을 잡고 같이 돌아가서 해로함이 가장 큰 계교이니, 어찌 그것은 생각지 못했는가. 이제 특의 계교를 당해 네가 비록 사람을 속일 수는 있으나, 어찌 하늘을 속일 수 있겠니."

이에 진사는 일이 이루어지지 못할 것을 알고는 한탄하면서 눈물을 머금고 물러갔습니다.

하루는 대군이 서궁에 오셔서 철쭉이 만발한 것을 보시고, 시녀들에 명하여 오언절구를 지어 올리라 하셨습니다. 대군이 보시고 칭찬하여 말씀하셨습니다.

"너희들의 글이 날로 점점 발전하므로 내 매우 흡족하구나.

다만 운영의 시에는 사람을 생각하는 뜻이 뚜렷이 담겨 있는데, 네가 따라가고자 하는 사람이 어떠한 사람이냐? 김 진사의 상량문에도 의심할 만한 대목이 있었는데, 혹 김 진사를 생각하는 것이 아니냐?"

이에 저는 즉시 뜰에 내려가 머리를 땅에 대고 울면서 고했습니다.

"대군께 한 번 의심을 보이고는 바로 곧 스스로 죽고자 했으나, 제 나이가 아직 이십 아래이고, 또 부모님을 뵙지 아니하고 죽으면 구천지하에 죽어서도 원한이 되겠기에 지금까지 목숨을 부지하고 있었으나, 이제 대군께 제 마음을 들켰사오니, 한 번 죽기를 어찌 애석하게 여기겠습니까."

그러고는 바로 비단 수건으로 스스로 난간에다 목을 매었더니, 자란이 말했습니다.

"대군께서는 이와 같이 영명한 죄 없는 시녀로 하여금 죽을 땅에 스스로 나아가게 하시니, 앞으로 저희들은 맹세코 붓을 잡아 글을 짓지 아니하겠습니다."

대군은 크게 노하셨으나, 마음속으로는 제가 죽는 것은 원하지 않으셨으므로 자란을 시켜서 구하도록 했습니다. 그러고는 흰 비단 다섯 필을 내어서 다섯 사람에게 나누어 주면서 말했습니다.

"가장 잘 짓는 사람에겐 이것을 상으로 주리라."

그날 밤 진사가 처소로 들어오셨으나 저는 병이 들어 일어날 수가 없었습니다.

그래서 자란에게 부탁해 진사를 맞이하여 술 석 잔을 권한 후, 봉서를 주면서 제가 말했습니다.

"이후로는 다시 볼 수 없을 것이니, 삼생의 인연과 백년의 가약이 오늘 밤으로 다한 것 같습니다. 혹 정한 인연이 끊어지지 않았으면, 마땅히 구천지하에서 서로 찾게 되겠지요."

진사는 편지를 받고는, 우두커니 서서 맥맥히 마주 보다가 가슴을 치고 눈물을 흘리면서 나갔습니다. 자란은 처량하여 차마 볼 수 없었는지, 기둥에 기대어 몸을 숨기고서 울며 서 있었습니다.

진사에게 준 편지의 내용은 이러했습니다.

'박명한 첩 운영은 두 번 절하고 엎드려 사뢰옵니다. 변변치 못한 저를 불행하게도 낭군님께서 마음에 두시어, 서로 생각하기를 몇 날이며 서로 바라보기를 몇 번이었습니까? 다행히 하룻밤의 즐거움을 나누었지만, 바다같이 크고 깊은 정은 다하지 못하였습니다. 이제 조물주가 시기하셨는지, 궁인이 알고 대군이 의심하시와 화가 조석에 박두하였사오니 죽을 뿐이옵니다.

엎드려 바라옵건대, 낭군님께서는 작별한 후로 저를 가슴에

243

품어 두고서 마음을 상하게 하지 마시옵고, 힘써 공부를 하시와 과거에 급제하여 벼슬길에 오르고 후세에 이름을 날리시어 부모님을 기쁘게 하시옵소서. 제 의복과 보화는 다 팔아서 부처님에게 바치고, 백반으로 기도하시고 지성으로 발원하셔서, 삼생의 미진한 연분을 후세에서나마 다시 잇게 하여 주시옵소서.'

진사는 다 보지도 못하고 기절하여 쓰러지니, 집사람들이 급히 조치하여 다시 깨어났습니다. 특이 바깥에서 들어와 진사에게 물었습니다.

"궁인이 무슨 말을 했기에 이러십니까?"

진사는 다른 말은 하지 않고 한 가지만 말할 뿐이었습니다.

"재보는 네가 잘 지키고 있느냐? 내 장차 그것을 다 팔아서 부처님에게 바쳐서 오래전에 한 약속을 실천할 것이다."

특이 집으로 돌아와서 생각했습니다.

'궁녀가 나오지 않으니, 그 재보는 하늘과 나의 것이겠지.'

그가 벽을 보고 남몰래 웃었지만, 사람들은 까닭을 알 수 없었지요.

하루는 특이 스스로 제 옷을 찢고 코를 쳐서 피가 흐르게 하고는, 온몸을 더럽히고 머리를 흐트러뜨린 채 맨발로 뛰어 들어와서는 뜰에 엎드려 울면서 말했습니다.

"제가 도적의 습격을 받았습니다. 저 한 몸으로 산중을 지키다가 도적들이 습격하기에 목숨을 걸고 도망쳐 왔습니다. 만일 그 보화가 아니었다면 제게 어찌 이와 같은 위험이 닥쳤겠습니까?"

그러고는 발로 땅을 구르고 주먹으로 가슴을 치면서 통곡하므로, 진사는 부모님이 알까 봐 두려워서 따뜻한 말로 위로하여 보냈다고 합니다.

얼마 후 진사는 특의 소행을 알고는 노복 십여 명을 시켜 불시에 그 집을 수색하니, 금팔찌 한 쌍과 운남 보경 하나가 있을 뿐이었습니다.

그것을 장물로 삼아 관가에 고소하여 찾아내고자 했지만 일이 샐까 봐 두려웠고, 만일 그 보화를 찾지 못하면 부처님에게 바칠 수가 없어서 난감했습니다. 특을 죽이고자 해도 힘으로 능히 누를 수 없으므로 입을 다물고 묵묵히 말을 하지 않고 있을 뿐이었습니다.

하지만 이 말이 사방에 퍼져 궁인이 대군에게 고하니, 대군이 크게 노하시고는 남궁 사람들을 시켜 서궁을 뒤져 보게 했습니다. 그리하여 제 의복과 보화가 모두 없어진 것을 아셨습니다.

대군은 서궁 궁녀 다섯을 뜰로 불러들여 형장을 눈앞에다 엄하게 차려 놓고 영을 내리셨습니다.

"이 다섯 사람을 죽여서 다른 사람을 징계하라!"

그런 다음 집장 한 사람에게 명하셨습니다.

"수를 헤아리지 말고 죽을 때까지 쳐라!"

이에 다섯 사람이 호소했습니다.

"원하건대 한 번 말이나 하고 죽게 해 주소서."

그러자 대군이 말했습니다.

"하고 싶은 말이 무엇인고. 그 사정을 다 말해 보아라."

그중 은섬이 먼저 아뢰었습니다.

"남녀의 정욕은 음양의 이치에서 받은 것이므로, 귀천을 막론하고 사람은 누구나 다 가지고 있습니다. 한 번 심궁에 갇히니 외로운 몸이 되어 꽃을 봐도 눈물이 눈을 가리고 달을 봐도 넋을 잃어, 매화나무에 앉은 꾀꼬리로 하여금 짝을 지어 날지 못하게 하며, 발 사이에 드나드는 제비도 양소를 얻지 못하게 하였사옵니다. 이것은 다름이 아니오라 스스로 정욕의 뜻을 이기지 못함이며, 또한 투기의 정을 이기지 못해서 그러할 뿐이오니 어찌 슬프지 않으리까.

한 번 궁장을 넘어가면 인간의 낙을 알 수 있겠지만, 저희들은 오래도록 심궁에 갇히어 이와 같은 일을 하지 못하고 있사옵니다. 오직 대군의 위엄이 두려워서 이 마음을 굳게 지키고 있다가 시들어 죽을 뿐이옵니다. 궁중의 일에서 범한 죄가 없는데도 불구하고 죽어야만 하니, 어찌 원통하지 않으리이까. 저희들은 구천지하에서 죽어도 눈을 감을 수 없겠나이다."

다음으로 비취가 아뢰었습니다.

"대군께서 사랑해 주신 은혜가 산보다 높고 바다보다 깊사온데, 어찌 감동하옴이 없사오리까. 저희들은 대군의 깊은 은혜에 감축하여 홀로 상궁에 거처하면서 달 밝은 가을, 꽃 피는 봄날에도, 이 뜻을 변치 않고 오직 문묵과 현가에 종사하고 있을 따름이옵니다. 그런데 이제 씻을 수 없는 누명이 서궁에 미치고 말았사오니, 어찌 원통하지 않으리이까. 살아도 죽는 것만 같지 못하옵니다. 오직 엎드려 빌건대 빨리 죽을 땅으로 나아가게 하여 주옵소서."

세 번째로 자란이 아뢰었습니다.

"오늘 일은 그 죄를 이루 헤아릴 수 없사옵니다. 하지만 마음속에 품고 있는 바를 어찌 차마 숨겨 두리이까. 저희들은 여항의 천녀로서 아버지가 대순이 아니고 어머니가 이비가 아닌데, 어찌 남녀 간의 정욕이 저희들에게만 없겠습니까. 주나라 목왕도 천자로서 매양 요대의 낙을 생각하였고, 항우 같은 영웅도 해하의 눈물을 금치 못하였으며, 당 현종 같은 영왕도 매양 마외의 한을 생각하였습니다. 한데 대군께서는 운영에게만 홀로 운우의 정이 없다고 여기시옵니까?

김생은 당대의 단정한 선비이온데 내당으로 끌어들인 것도 대군께서 하신 일이오며, 운영에게 명하여 벼루로 받들게 한 것도 대군의 영이었습니다. 운영이 오래도록 심궁에 갇히어 있으면서 달 밝은 가을, 꽃 피는 봄날이면 매양 마음을 상하였고 오동잎에 떨어지는 밤비에 몇 번이나 애를 끊었습니다. 한 번 호협한 남성을 보고 나서는 넋을 잃고 실성하여 병이 골수에 사무쳐서, 비록 죽지 않는 약과 월인의 손으로도 효력을 보기가 어렵게 되었사옵니다. 하루저녁에 아침 이슬과 같이 죽으면, 대군께서 비록 측은한 마음이 있어 돌보고자 하신들 무슨 소용이 있겠습니까.

저의 어리석은 생각으로는 한 번 김생으로 하여금 운영을 만나 보게 해서 두 사람의 맺힌 원한을 풀어 주실 것 같으면 대군의 적선이 막대할 것이옵니다. 전일 운영의 훼절은 죄가 저에게 있사옵고 운영에게는 있지 않으니, 저의 이 한 말씀은 위로는 대군을 속이지 아니하고 아래로는 동료를 저버리지 아니할 것입니다.

오늘의 죽음은 죽어도 영광이라 생각하옵니다. 엎드려 바라건대, 대군은 저의 몸으로써 운영의 목숨을 이어 주시옵소서."

네 번째로 옥녀가 아뢰었습니다.

"서궁의 영광을 저도 이미 같이하였사온데, 서궁의 액운을 저만이 면할 수야 있겠습니까. 곤강도 같이 타고 옥석도 같이 타는데, 오늘의 죽음은 그 죽을 바를 얻었사오니 죽어도 유감이 없겠습니다."

그리고 마지막으로 제가 아뢰었습니다.

"대군의 은혜는 산과 같고 바다와 같사온데, 정절을 굳게 지키지 못하였사오니 그 죄가 하나이옵니다. 또한 전후로 지은 시에서 대군께 의심을 보이고도 끝내 바로 아뢰지 못하였사오니 그 죄가 둘이옵니다. 그리고 서궁의 죄 없는 사람들이 저로 인하여 같이 죄를 받게 되었사오니 그 죄가 셋이옵니다. 이와 같은 큰 죄를 셋이나 지었는데, 제가 무슨 면목으로 살겠사옵니까? 또한 만약 죽음을 면하여 주신다 하더라도 저는 마땅히 자결하여 처분을 가다리겠습니다."

궁인들의 얘기를 듣고 대군의 노여움이 좀 풀린 것 같으므로, 소옥이 꿇어 앉아 울면서 고하였습니다.

"전날 빨래하러 갈 때 성 안으로 가지 말자고 한 것은 저의 의견이었으나, 자란이 밤에 남궁으로 와서 매우 간절히 청하기에 제가 그 뜻을 안타까이 여겨 군의를 물리치고 따랐사옵니다. 운영의 훼절은 그 죄가 저의 몸에 있사옵고 운영에게 있지 않사오니, 저의 몸으로써 운영의 목숨을 이어 주시옵소서."

이로써 대군의 노여움이 풀어져서 저를 별당에다 가두고 다른 궁녀들은 다 돌려보냈는데, 그날 밤 저는 비단 수건으로 목

매어 죽었습니다.

운영이 옛일을 이야기하고 진사는 글로써 기록하는데, 바로 그때로 돌아간 듯 매우 자세했다. 두 사람은 마주 보고 슬픔을 스스로 억제하지 못하더니, 운영이 진사에게 말했다.

"다음 이야기는 낭군님께서 하옵소서."

이에 진사가 이야기를 하기 시작했다.

운영이 자결한 후 통곡하지 않는 궁인들이 없었으니, 마치 부모가 돌아가신 것 같았습니다. 곡성이 궁문 밖에까지 들려 저도 또한 듣고서 오래도록 기절하여 있었습니다. 집사람들이 초혼하고 발상할 준비를 하는 한편 살려 내기에 힘쓰니, 해질 무렵에서야 겨우 깨어났습니다. 정신을 차리고 스스로 생각해 보니 모든 일이 이미 끝난 것 같았습니다.

저는 부처님께 공양하겠다는 약속을 저버릴 수 없어, 구천의 영혼을 위로해 주고자 그 금팔찌와 보경과 문방제구를 다 팔아 가지고 쌀 사십 석을 샀습니다. 그것을 청녕사로 보내어 재를 올리고자 했으나 믿을 만한 사람이 없어서, 사람을 시켜 특을 불러오게 한 다음 그에게 말했습니다.

"내 너의 전날의 죄를 전부 용서해 줄 것이니, 이제 나를 위하여 충성을 다하겠느냐."

그러자 특이 엎드려 울면서 말했습니다.

"제가 비록 어리석고 간악하나 또한 목석이 아니옵니다. 한 몸에 지은 죄가 머리카락을 다 뽑으면서 헤아려도 헤아리기가 어려운 것을 이제 용서해 주시니, 이것은 고목에 잎이 나고 백골에 살이 붙는 것과 같사옵니다. 감히 진사님을 위하여 죽음을 다하지 아니하겠습니까."

"내가 운영을 위하여 초례를 베풀어 놓고 불공을 드려 발원하고자 하니, 네가 가지 않겠느냐?"

"삼가 분부를 받들겠습니다."

그러고는 특이 즉시 절로 올라갔으나, 삼 일 동안 궁둥이를 두드리면서 누워 놀다가 중을 불러 일렀답니다.

"사십 석의 쌀을 어디에 쓰겠소? 다 부처님에게 바치겠는가? 오늘은 술과 고기를 많이 장만해 놓고 널리 속객을 불러 먹이는 것이 좋겠소."

그러고는 지나가는 마을 여인을 강제로 끌고 들어와 승당에서 수십 일을 지내면서도 재를 올릴 생각을 하지 않더랍니다.

중들이 이를 통분히 여기다가 그 초례날에 미쳐 특을 보고 말했답니다.

"불공하는 일은 시주가 중하오. 그런데 시주가 이와 같이 불결하니, 저 맑은 시내에 가서 목욕을 하여 몸을 깨끗이 하고 예를 행함이 좋겠소."

특은 마지못해 나가서 잠시 물로 씻고 들어와서는 부처님 앞에 꿇어앉아서 빌었지요.

"진사는 오늘 빨리 죽고, 운영은 다시 살아나 특의 짝이 되게 하여 주소서."

삼 일 동안 밤낮으로 발원하는 말이 오직 이것뿐이었답니다.

그러고는 특이 돌아와서 저에게 말했습니다.

"운영 아씨는 반드시 살 길을 얻을 것입니다. 재를 올리던 그날 밤에 저의 꿈에 나타나서 지성으로 발원해 주니 감사한 마음 다할 수 없다고 하면서 절을 하며 울었습니다. 중들의 꿈도 또한 그와 같았다고 합니다."

저는 그 말을 그대로 믿었지요. 마침 계수나무가 누렇게 익는 계절이었습니다. 저는 비록 과거에 나아갈 뜻은 없었으나, 마음을 가다듬고 독서를 하고 있다가 청녕사에 올라가서 수일을 묵었습니다.

그곳에서 그동안 특이 한 일에 대해 중들로부터 자세히 듣고는 그 통분함을 이기지 못하였으나, 특이 옆에 없으니 어찌할 수 없었지요.

저는 목욕하여 몸을 깨끗이 하고 부처님 앞에 나아가, 절하고 향을 사르면서 합장하고 빌었습니다.

"운영이 죽을 때의 약속이 하도 처량하여 차마 저버릴 수 없

252

어 노복 특으로 하여금 지성으로 재를 올려 명복을 빌게 하였습니다. 그러나 이제 축언을 들으매 그 패악함이 이루 말할 수 없고, 운영의 유언을 헛곳으로 돌아가게 하였사오니, 소자가 감히 무슨 면목으로 축원하리이까.

엎드려 바라건대, 부처님께서는 운영으로 하여금 다시 살아나게 하시와 이 김생으로 하여 짝을 짓게 하시고, 운영과 이 김생으로 하여금 후세에 가서 이 원통함을 면하게 하여 주옵소서. 또 부처님께서는 특을 죽여 철가를 입혀 지옥에다 가두어 주시옵소서.

부처님께서 정말로 이 소원을 들어주신다면, 운영은 비구니가 되어 십지를 불살라 가지고 십이 층 금탑을 지을 것이며, 이 김생은 비구승이 되어 오계를 닦아 세 거찰을 지어 부처님의 은혜를 갚겠사옵니다.”

저는 빌기를 마치고 일어나 머리가 땅에 닿도록 수없이 절을 하고 나왔습니다.

그랬더니 칠 일 만에 특이 우물에 빠져 죽었습니다.

이후부터 저는 세상일에 뜻이 없어 목욕하여 몸을 정결히 하고 새 옷으로 갈아입은 다음 고요한 곳에 누워 있었습니다. 그런 채로 나흘을 먹지 않고 한 번 깊이 탄식하고는 다시 일어나지 못할 몸이 되고 말았답니다.

이야기를 마치자 붓을 던지고 두 사람은 마주 보고 슬피 울면서 그칠 줄을 몰랐다.

유영이 그들에게 위로의 말을 해 주었다.

"두 사람이 다시 만났으니 소원이 없겠습니다. 원수인 종도 이미 없어졌고 통분함도 사라졌을 것인데, 어찌 슬퍼하십니까? 다시 인간 세상에 나오기를 얻지 못하여 그러하십니까?"

김 진사가 눈물을 흘리면서 사례하고 말하는 것이었다.

"우리 두 사람은 다같이 원한을 품고 죽었기로 염라대왕이 그 죄 없음을 불쌍히 여겨 다시 인간 세상에 태어나도록 해 주시고자 했습니다. 그러나 지하의 즐거움이 인간 세상보다 못하지 않은데, 하물며 천상의 즐거움은 어떠하겠습니까. 그리하여 저희는 인간 세상에 나가기를 원하지 않습니다.

다만 오늘 저녁 슬퍼한 것은, 대군이 돌아가신 고궁에 주인이 없고, 까마귀와 새들만 슬피 울고, 사람의 자취가 이르지 않으므로 그랬을 뿐입니다. 게다가 병화를 겪은 후로 아름답던 집이 재가 되어 무너지고, 옥 같은 섬돌, 분 같은 담이 모두 무너지고 오직 섬돌에 피어 있는 꽃만 향기를 발하고, 뜰에 가득 돋아난 풀만 그 빛을 자랑할 뿐입니다. 인간사 변화가 이와 같거늘, 다시와 옛일을 생각하니 어찌 슬프지 않겠습니까."

유생이 두 사람에게 물었다.

"그러면 그대들은 천상의 사람들입니까?"

"우리 두 사람은 본래 천상의 선인으로서 오래도록 옥황상제를 모시고 있었습니다. 하루는 옥황상제께서 태청궁에 앉아 저에게 옥동산의 과실을 따 오라 하셨는데, 제가 반도를 많이 따 가지고 와서 운영과 같이 먹다가 발각되고 말았습니다. 그 후 이 세상에 내려와 인간의 괴로움을 골고루 겪었으니, 이제 옥황상제께서 모든 허물을 용서하시고 삼청궁으로 불러 올리셨습니다. 저희는 다시 다시 옥황상제의 향안 앞에서 옥황상제를 모시게 되었으므로, 돌아가기 전에 바람의 수레를 타고 다시 옛날 놀던 곳을 찾아와 보았을 뿐입니다."

김 진사가 말을 마치고는 눈물을 흘리면서 운영의 손을 잡으며 또 말했다.

"바다가 마르고 돌이 불에 타 버린들 우리들의 정은 사라지지 않을 것이요, 또 땅이 늙고 하늘이 거칠어진들 우리들의 원한은 지우기 어려울 것입니다. 오늘 저녁에 선비를 만나 이렇듯 따뜻한 정을 나누었으니, 속세의 인연이 없었다면 어찌 그럴 수 있었겠습니까?

엎드려 바라옵건대, 선비께서는 이 글을 거두어 가지고 돌아가 길이 전해 주시옵소서. 사람들의 입에 오르내리며 웃음거리가 되지 않도록 하여 주시면 매우 다행으로 생각하겠습니다."

그러고는 김 진사는 취하여 운영의 몸에 기대어 시 한 수를 읊었다.

꽃 떨어진 궁중에 연작이 날고,
봄빛은 예와 같건만 주인은 간 곳 없구나.
중천에 솟은 달은 차기만 한데,
아직 푸른 이슬은 우의를 적시지 않았네.

운영이 이에 답했다.

고궁의 어여쁜 꽃 봄빛이 새로우니
천 년 만 년 우리 사랑 꿈마다 찾아오네.
오늘 저녁 여기 와 놀며 옛 자취 찾아보니
쏟아지는 슬픈 눈물 수건을 적시네.

이때 유영도 시에 취하여 잠깐 누워 있다가 산새 소리에 깨어났다.

정신을 차리고 보니 구름과 연기는 땅에 가득하고 새벽빛은 창망한데, 사방을 살펴보아도 사람은 보이지 않고, 다만 김 진사가 기록한 책자만이 있었다.

유영은 쓸쓸한 마음을 금할 수 없어 신책(神册)을 거두어 가지고 돌아왔다.

그는 그 신책을 장 속에 감추어 두고 때때로 내보고는 망연자실하여 침식을 전폐하기 일쑤였다. 그 후 오래도록 명산을 두루 찾아다녔는데, 마지막엔 어찌 되었는지 알 수 없다고 전한다.

작자 미상 고전 소설 해설

숙향전 / 운영전

■ 작가에 대하여

〈숙향전〉과 〈운영전〉은 작자 미상의 고전 소설이다. 〈숙향전〉은
소설 내용을 미루어 볼 때, 당대의 봉건적 질서에서 벗어나 인간
의 기본적 애정을 추구하는 가치관을 지닌 사람에 의해 쓰인 것
으로 추정된다. 〈운영전〉은 밝혀진 작가는 없으나 궁중의 전아한
어투, 한시의 빈번한 사용 등을 미루어 보건대 학문적 소양을 갖
춘 사람의 작품으로 추정된다.

숙향전

◆ 작품 개관

이 작품은 하늘나라 옥황상제께 죄를 지은 두 남녀가 지상에 내려와 다시 만나기까지 겪는 온갖 시련에 대한 이야기를 다루고 있다. 모든 시련을 다 넘기고 결국 애정을 성취하는 이야기 속에는 당대 사람들의 질서를 뛰어넘는 사랑에 대한 욕망이 숨어 있다. 동물 보은담이나 혼사 장애 모티프, 선약 구하기 모티프 등 다양한 이야기의 요소가 잘 녹아 있다.

◆ 줄거리

송나라 때 김전은 거북이를 죽을 위기에서 구해 주고 진주 구슬 두 개를 얻는다. 이후 김전은 장회의 딸 장 씨와 결혼해 숙향을 낳는다. 금나라가 송나라를 위협하고 형주를 침범하여 피란 중 도적을 만난 김전 가족은 도망치다 숙향을 버린다. 도적이 다행히 숙향은 마을에 업어다 주고, 동물들이 도와 주어 살아남는다. 새의 안내에 따라 후토 부인을 만난 숙향은 사슴을 타고 장 승상 집 뒷동산에 도착하고, 장 승상 부부는 숙향을 양녀로 삼는다. 숙향을 질투한 계집종 사향이 불만을 품고, 계략으로 숙향을 쫓아낸다. 숙향이 물에 몸을 던져 죽으려 하자 예전의 거북이가 용녀의 모습으로 나타나 구해 준다. 태을의 현세 모습인 위공의 아들을 만나야 액운을 넘길 수 있다는 말에 일엽주를 타고 태을을 찾아 나선다. 길을 가던 숙향은 갈대밭에서 불이 나 죽을 뻔했으나 화덕진군이 구해 주고, 길 가던 노파를 만나 함께 의지하며 살게 된다. 어느 날 숙향이 잠들자 파랑새 한 마리가 숙향을 천상으로 이끈다. 잠에서 깬 숙향은 그 광경을 수로 남기고, 조적이란 사람이 이 그림을 비싼 값에 사 간다.

한편, 위공과 왕 부인은 오래 자식이 없다가 태을을 점지받아 이름을 선이라 하였다. 선이 꿈속에서 부처를 만나 왕모의 잔치 구경을 따라가는데 숙향의 꿈과 똑같았다. 이 꿈을 기억하기 위해 글을 써 두었던 차에 조적이 찾아와 수놓은 족자에 어울릴 글을 부탁한다. 선은 이화정의 노파를 찾아가 소아(숙향)와의 만남을 부탁하나 노파는 거짓으로 김전의 집을 알려 준다. 이후 장 승상의 집으로, 또 표진강으로 숙향의 궤적을 밟아 나가다 화덕진군을 만나 숙향이 불타 죽을 뻔한 이야기를 듣고 이화정의 노파가 마고할미임을 알게 된다. 이화정으로 돌아온 선은 노파에게 간청하고, 노파는 선이 진심임을 알고 결혼을 허락한다.

선의 고모는 선의 소원대로 결혼을 시키려고 하나 선의 어머니는 가난하고 몸이 반병신인 며느리를 맞고 싶지 않아 궁에 있는 위공에게 이를 알린다. 위공은 노하여 낙양 태수에게 숙향을 죽이라고 명한다. 낙양 태수는 김전으로 죄인이 자신의 딸인 숙향인 것을 알지 못하나 이상한 느낌에 문초를 하지 못한다. 이 일로 김전 부부는 계양 태수로 좌천된다. 사연을 안 선의 부탁으로 고모가 위공을 말리러 궁에 간다. 누이의 말을 들은 위공은 선을 서울로 불러들여 공부시키며 숙향과 떨어뜨려 놓는다.

얼마 뒤 노파는 숙향에게 자신이 마고할미였음을 밝히고 삽살개 하나를 남기고 떠난다. 도적이 마을을 침범할 때 숙향을 겁탈할 것이라는 소문이 돌자 숙향은 삽살개를 데리고 마고할미의 무덤에서 통곡한다. 선의 유부가 지나다 사연을 듣고 위공에게 데려가니 숙향의 인물됨과 행동거지가 놀라워 데리고 있기로 한다.

한편, 선은 과거 시험이 열려 좋은 성적으로 급제한다. 귀향길에 이화정에 들렀으나 숙향이 없자 따라 죽을 각오를 하고 고향으로 향한 선은 집에 숙향이 있어 놀라고 기뻐한다.

김선은 황후의 병을 구할 선약을 구하러 봉래산으로 갔다 돌아와 죽은 황후를 살려 낸다. 선은 여행 중 설매향이 천상에서 자신의 부인이었음을 알고 제2 부인으로 맞는다. 셋은 화락하다가 칠십 세가 되자 선녀가 준 약을 먹고 하늘로 올라간다.

◆ **주요 등장인물**

숙향(소아) 김전 부부의 딸. 천상의 선녀가 죄를 지어 적강한 인물로 자태가 빼어나고 재주가 많다. 닥쳐오는 여러 시련을 주변 사람들의 도움으로 잘 극복한다.

선(태을) 위공 부부의 아들. 천상의 선관이 죄를 지어 적강한 인물로 빼어난 인물과 재주를 갖춰 양왕이 사위로 삼고자 한다. 천상에서도 지상에서도 숙향만을 사랑한다.

김전 숙향의 아버지. 거북이를 구해 주어 보답받는다.

장 승상 부부 천상의 선관. 죄를 지어 지상에 머물고 있다. 숙향을 양녀로 맞았다 사향의 계략에 속아 숙향을 내쫓고 후회한다.

사향 장 승상 댁의 종. 숙향을 시샘하여 도둑 누명을 씌운다. 후에 벼락을 맞아 죽는다.

위공 선의 아버지. 숙향과 선의 결혼을 반대하다 마음을 바꿔 숙향을 며느리로 받아들인다.

마고할미 천상의 선녀. 이화정의 주모로 변신하여 숙향을 돕는다.

떠날 때 삽사리를 선물로 주어 어려움을 해결하게 해 준다.

여부인 선의 고모. 선을 매우 아껴 선의 사랑을 열렬히 지지하고 도와 준다.

매향(설중매) 천상 세계에서 태을의 아내였던 인물. 지상에서 양왕의 딸로 태어나 선의 제2 부인이 된다.

◆ **작가와 작품**

이 작품은 김선과 숙향의 천상과 지상을 초월한 사랑 이야기이다. 숙향의 신분을 모를 때에도 애정을 최고의 가치로 추구한 김선의 태도는 당대 사람들의 열망으로 이해할 수 있다. 봉건 사회의 신분 질서 속에서 애정을 중시하고, 신비한 설화를 좋아하던 사람들이 이 작품에 영향을 주었을 것으로 추측된다.

◆ **작품의 구조**

일반적 영웅 소설과 〈숙향전〉 비교

영웅 소설의 일반적인 구조는 '고귀한 혈통 및 비정상적인 출생 → 비범한 능력 → 유년기의 위기 → 조력자의 도움 → 성장 후의 위기 → 고난을 극복하고 승리함'이다. 숙향전의 전체적인 구조와 매우 닮아 있으나 세부적으로 살펴보면 여러 면에서 차이를 발견할 수 있다.

첫째, 일반적 영웅은 문무에 뛰어난 재능이 있어 국난을 극복하는 등 나라의 큰일을 하여 이름을 떨치지만 숙향은 개인의 사랑을 성취하기 위해 본인에게 주어진 고난을 이겨 나갈 뿐이다. 오히려 태을이 황후의 병을 구완하여 나라에 공을 세우고 부귀영화를 누리게 된다. 둘째, 일반적 영웅 소설에서는 어릴 때 조력자의 도움으로 위기를 극복하고 성장 후의 위기를 스스로 극복함으로써 영웅이 된다. 그러나 숙향은 시종일관 누군가의 도움을 통해 위기가 해결된다. 본인이 재능을 선보이는 경우는 수를 놓아 생계에 다소 도움이 된 것, 위공 부부의 집에 갔을 때 위공의 관복을 지은 것 등이나 둘 다 위기 극복과는 관련이 없는 재능 발휘였다는 점에서 한계가 있다. 결국 숙향은 성장 후의 위기를 혼자 힘으로 극복하지 못했기 때문에 영웅이 될 수 없다.

◆ 작품의 감상과 수용
연애 소설, 사랑의 자세

〈숙향전〉은 태을과 소아, 즉 선과 숙향의 사랑 이야기이다. 숙향이 천상에서 태을에게 월영단을 훔쳐 주어 쫓겨난 점을 보면 그들의 죄 역시 사랑에서 비롯했음을 알 수 있다. 이렇듯 맹목적인 사랑의 주인공들이 지상에 도착했을 때, 그들의 사랑은 순탄치 않다. 지리적으로 멀리 떨어져 있을 뿐 아니라, 근본이 불분명하다는 이유로 선의 부모로부터 반대를 받는다. 이렇게 보면 숙향에게 주어진 모든 시련은 하나같이 선과의 사랑을 방해하는 요소가 된다. 이러한 시련이 주변의 조력자들에 의해 자연스럽게 해결되면서 숙향은 천상에서 지은 죄의 대가를 치른다. 마침내 모든 시련이 끝났을 때 그들은 비로소 부모로부터 인정받고 서로의 사랑을 확인한다.

연애 소설의 측면에서 〈숙향전〉을 읽을 때 우리는 사랑이란 수많은 시련을 딛고서야 완성되는 아름다운 가치라는 것을 이해할 수 있게 된다. 또한 숙향은 본인의 능력으로 위기를 적극적으로 해결하지는 않지만, 주변 사람들의 도움을 겸허히 받아들이며 자신에게 주어진 시련을 끝없는 인내의 자세로 감당하고 노력하는 숭고한 모습을 보인다.

◆ 작품에 반영된 현실
봉건적 신분 질서 대 인간의 애정
숙향이 낙양에서 옥살이를 하게 된 연유를 따져 보면 당대의 가치관을 볼 수 있다. 위공과 왕 부인은 지체가 높은 가문의 사람으로 어렵게 얻은 외아들 선을 근본을 알 수 없는 숙향과 결혼시킬 수 없다고 생각한다. 위공은 자신의 권력을 이용해 낙양태수에게 죄 없는 숙향을 잡아 죽이라고 명하는 것도 근본 없는 계집애가 아들을 홀렸다고 믿기 때문이다. 이처럼 위공과 왕 부인은 봉건적 신분 질서를 신봉하는 세대로 선과 숙향의 사랑을 이해하지 못한다. 마고할미의 무덤 앞에서 울던 숙향을 선의 유부가 위공에게 데려와 보니 아들이 왜 반했는지 알 수 있을 만큼 빼어난 여성이지만 위공과 왕 부인은 여전히 봉건적 신분 질서의 틀을 깨지 못한다.

"그전에 꾼 꿈에서는 신인(神人)의 말씀이 낙양의 김전이 제 부친이라 하였습니다마는, 어찌 알 수 있겠습니까?"

"그렇다면야 얼마나 다행하랴."

위공이 그렇기를 바란다는 듯이 말하자, 부인이 위공에게 물었다.

"그는 어떤 사람입니까?"

"운수 선생의 아들이니 문벌은 더 물을 것이 없소."

부인이 기뻐하며, 기어코 숙향의 근본을 알아서 아들의 정실로 삼으려고 하였다.

숙향이 꿈에서 만난 신인이 낙양의 김전이 자신의 아버지라 말했다고 하나 꿈이니만큼 믿을 수는 없는 이야기이다. 그러나 위공은 '그렇기를 바란다는 듯이' 말하고, 부인은 기뻐하며 '기어코 숙향의 근본을 알아서 아들의 정실로 삼으려고' 한다. 다시 말하면 숙향의 친부가 김전처럼 좋은 집안의 사람이 아니라면 아무리 숙향이 뛰어난 재주가 있고 아름답더라도 '정실'로는 삼을 수 없다는 것이다. 이처럼 위공 부부의 머릿속에는 깊숙하게 봉건적 신분 질서에 대한 사고가 박혀 있다.

이와는 달리 숙향과 선의 사랑은 신분적 봉건 질서에 의한 것이 아니다. 선이 숙향을 사랑하게 된 것은 꿈에서 보고 반했기 때문이다. 숙향이 어떤 가문의 여성인지는 선에게 중요하지 않다. 그렇기에 선이 족자의 인연으로 숙향을 찾아 마고할미에게 갔을 때, 다음과 같은 반응을 보일 수 있었다.

노파는 계속 캐물으며 말했다.

"소아는 본디 전생의 죄가 중해서 귀가 먹고 한 다리 한 팔을 못 쓰는 위인이라, 쓸모없는 여아입니다. 천생연분으로 구하는 것부터가 망계(妄計)입니다."

"나는 소아가 아니면 평생 혼인하지 않을 결심이니, 어서 만나게 해 주시오."

하고 선이 노파를 졸랐으나, 노파는 다시 말을 피하며
말했다.

"귀공자는 귀공자니까, 왕의 부마가 아니면 공경대부의
신랑이 될 것인데 어찌하여 그런 천인을 구하십니까?"

"그런 허황한 말씀은 다시 하지 마시오. 만승천자(萬乘
天子)의 공주라도 나는 싫으니, 할머니는 소아가 있는 곳
을 알려 주시오."

이선의 마음을 떠보기 위해 마고할미는 소아가 반병신이라
고 거짓말을 한다. 그러나 그 어떤 말에도 선은 숙향에 대한 마
음을 거두지 못한다. 후에 마고할미가 숙향에게 똑같은 방법으
로 태을이 반병신이라고 거짓말했을 때, 숙향 역시 그를 사랑한
다고 말한다. 이처럼 둘의 사랑은 가문과 관계없이 이루어진 것
으로 당대의 신분 질서에 맞지 않는 것이었다. 이를 통해 봤을
때 당대 사회는 강한 봉건적 질서 속에 있었지만 그것에서 벗어
나려는 시도가 있었던 것으로 추측할 수 있다.

◆ 작품 개관

이 작품은 유영이라는 선비가 수성궁에 놀러 갔다가 우연히 운영과 김 진사를 만나 그들의 비극적인 사랑 이야기를 들으며 시작된다. 안평 대군의 궁녀라는 신분 때문에 사랑하는 김 진사와 이루어질 수 없었던 운영의 비극적 이야기는 조선 시대 궁녀들의 억압된 삶의 한 단면을 잘 보여 준다.

◆ 줄거리

선비 유영이 어느 날 안평 대군의 옛집 수성궁에 놀러가 취했다 깨어 주변을 보니 손님들은 모두 돌아갔고, 한 소년과 미인을 만나 그들의 사연을 듣게 된다.

세종의 셋째 아들 안평 대군은 글솜씨가 뛰어나 수성궁으로 많은 문사가 몰려든다. 안평 대군은 여자에게도 재주가 있을 수 있다며 어리고 아름다운 궁녀 열 명을 골라 손수 글을 가르친다. 소옥, 부용, 비경, 비취, 옥녀, 금련, 은섬, 자란, 보련, 운영이 그들이다. 안평 대군은 이들을 사랑하여 외인과 만나는 것을 절대적으로 금하였다. 하루는 열 명의 궁녀가 시를 지었는데 운영의 시에 다른 남자를 그리워함이 있다고 의심받아 운영은 수심에 잠긴다.

한편 궁녀 자란은 운영의 얼굴이 날로 수척해지자 사연을 털어놓으라고 한다. 운영은 일 년 전 가을에 나이 어린 선비 김 진사를 만났던 이야기를 한다. 보통 외간 남자와 만나는 것을 엄격히 금하는 안평 대군이지만 김 진사가 어리고 착하므로 궁녀들을 물리치지 않았던 것이다. 운영은 김 진사의 자태와 시 솜씨에 크게 반하여 상사병에 시달린다.

그 후 둘은 편지를 주고받으며 연모의 정을 키운다. 운영은 궁 밖으로 빨래하러 나가는 날을 틈타 무녀 집에서 김 진사와 해후하고, 서쪽 담을 통해 만날 것을 약속한다. 담 넘기를 어려워하는 김 진사에게 종복인 특이 사다리를 만들어 주어 일을 성사시킨다. 함께 궁에서 도망치기로 한 김 진사와 운영에게 특은 간계를 내어 운영의 재산을 빼돌리고 둘을 죽이려고 한다.

도망치려는 날 운영은 불길한 꿈을 꾸고, 친구 자란의 만류로 떠나지 못한다. 지은 시의 내용에서 안평 대군의 의심을 산 운영은 자살 시도를 하고, 김 진사에게 이별을 고한다. 일이 일단락되는 듯하였으나 특이 운영의 재산을 가로채는 과정에서 그것이 서궁의 것임을 알게 된 안평 대군은 다섯 궁녀를 문초한다. 운영을 제외한 나머지 궁녀들이 모두 자기의 잘못임을 호소하며 운영을 용서할 것을 부탁하자 안평 대군은 노여움이 풀어져 운영을 별당에 가두기만 했으나, 운영은 그날 밤 목을 매고 죽는다.

김 진사는 운영을 위해 불당에서 재를 올리는 일을 특에게 사면의 의미로 시켰으나 역시나 절에서 특이 패악질만 일삼았다는 말을 후에 듣고, 특을 벌주라는 발원을 한다. 칠 일 뒤 특은 우물에 빠져 죽고, 식음을 전폐한 김 진사는 곧 운영의 뒤를 따른다.

이야기를 마친 둘은 자신들의 이야기가 담긴 책을 유영에게 주고 사라진다.

◆ 주요 등장인물

유영 운영과 김 진사의 슬픈 사랑 이야기를 듣는 인물이다. 나이 이십여 세에 외모가 준수하고 학문이 깊으나 집안이 가난하여 내면에 설움이 있다.

운영 안평 대군이 뽑은 열 명의 궁녀 중 가장 뛰어난 재녀. 김 진사의 시 쓰는 모습에 반해 상사병에 시달리다가 비극적 죽음을 맞는다.

김 진사 십육 세에 뛰어난 시적 성취를 이룬 인재. 안평 대군으로부터 큰 사랑을 받았으나 궁녀 운영과의 사랑 때문에 이른 나이에 죽는다.

안평 대군 세종의 셋째 아들. 글솜씨가 뛰어나 당대의 선비들의 칭송이 높다. 여자도 재능이 있음을 인정하여 손수 궁녀들을 가르쳤다. 그러나 궁녀들에 대해 외간 남자의 접근을 절대 허락하지 않는 인물이기도 하다.

자란 안평 대군의 열 명의 궁녀 중 하나. 운영의 사랑을 적극적으로 돕는다. 궁녀의 비참한 삶에 대해 인간적으로 토로할 줄 아는 등 솔직하고 자기 주장이 강한 인물이다.

◆ **작가와 작품**

〈운영전〉의 작가는 밝혀져 있지 않으나 궁중의 전아한 어투, 한시의 빈번한 사용 등을 미루어 보건대 일반 평민이 공동으로 창작한 작품은 아님을 알 수 있다. 궁녀들의 비인간적인 삶에 대해 다룬 것으로 미루어 같은 궁녀 계층에 의해 작성되었을 가능성이 있다. 궁의 질서와 인간으로서의 삶 사이에서 궁녀들의 괴로운 고뇌를 매우 충실히 반영하고 있는 작품이다.

◆ **작품의 구조**

운영전의 독특성

1. 비극성

일반적으로 고전 소설은 권선징악적인 행복한 결말 구조를 따른다. 주인공에게 시련이 닥쳐오더라도 슬기와 신이한 힘에 의해 문제가 해결되어 행복한 결말에 이르는 일반적 고전 소설과 달리 운영전은 비극적인 결말을 맺는다. 이러한 비극은 운영이 궁녀인 데서 비롯한다. 궁녀라는 신분의 제약 때문에 김 진사와 서로 사랑하지만 맺어질 수 없고, 결국 안평 대군을 배신하기 어려워 자살이라는 극단적 결말로 끝난다. 유영 역시 울분을 품은 선비로 이 이야기를 전해 들은 뒤 침식을 전폐하고 그 뒤를 알 수 없다는 것도 작품의 비극성을 더하고 있다.

2. 시의 사용

〈운영전〉은 작품 속에 시를 삽입하여 등장인물들의 심정을 잘 보여 준다. 다음은 김 진사가 운영이 보낸 편지를 받고 보낸 답장의 일부이다.

> 누각은 깊고 깊어 저녁 문 닫혔는데
> 나무 그늘 구름 그림자 모두 다 희미하여라.
> 낙화는 물에 떠서 개천으로 흘러가고
> 어린 제비는 흙을 물고 처마 끝을 찾아가네.
> 베개에 기대도 이루지 못함은 호접몽이요,
> 눈을 돌려 남쪽 하늘 보니 외기러기도 날지 않네.
> 임의 얼굴 눈앞에 있는데 어이 그리 말 없는가
> 푸른 숲 꾀꼬리의 울음 들으니 눈물이 옷깃을 적시누나.

김 진사가 운영을 그리워하는 마음과 애달파하는 마음이 절절하게 그려져 있다. 이처럼 이 작품은 소설이지만 부분적으로 시를 삽입하여 인간의 감정을 잘 보여 준다.

3. 배경

고전 소설의 배경이 일반적으로 중국을 따르는 것에 비해 이 작품은 조선을 배경으로 삼고 있다. 뿐만 아니라 안평 대군이라는 실명이 등장하여 시대를 분명히 하고 있다. 이는 작품의 사실성과 구체성을 높여 주는 효과가 있다.

4. 액자 소설

바깥 이야기에는 선비 유영이 등장하여 전지적 작가 시점으로 전개되고, 안쪽 이야기에서는 운영이 일인칭 화자가 되어 자신과 김 진사의 슬픈 사랑 이야기를 유영에게 전달하는 방식으로 구성되어 있다. 사건을 겪은 당사자가 직접 이야기를 전달하여 소설의 사실성을 높여 주고, 운영의 여성 어조가 사용되어 전아한 궁중 언어가 잘 녹아 있다. 밖의 이야기에 존재하는 유영도 단순 전달자의 역할을 넘어서 가난 때문에 재주를 펼 수 없는 자신의 불우한 처지와 이 둘의 비극적 사랑 이야기를 동일시해 비극적 결말로 가게 되는 점이 독특하다.

◆ 작품의 감상과 수용
인간의 성정과 제도적 억압

음양의 조화가 자연스러운 일이듯 남녀 간의 사랑도 극히 자연스러운 인간의 기본 감정이다. 그런데 궁녀라는 특수한 신분은 이러한 인간의 성정을 억누를 것을 제도적으로 규제받는다. 작품 속에 나타난 궁녀 은섬의 대사를 통해 이를 확인해 보자.

"남녀의 정욕은 음양의 이치에서 받은 것이므로, 귀천

을 막론하고 사람은 누구나 다 가지고 있습니다. 한 번 심 궁에 갇히니 외로운 몸이 되어 꽃을 봐도 눈물이 눈을 가리고 달을 봐도 넋을 잃어, 매화나무에 앉은 꾀꼬리로 하여금 짝을 지어 날지 못하게 하며, 발 사이에 드나드는 제비도 양소를 얻지 못하게 하였사옵니다. 이것은 다름이 아니오라 스스로 정욕의 뜻을 이기지 못함이며, 또한 투기의 정을 이기지 못해서 그러할 뿐이오니 어찌 슬프지 않으리까. 한 번 궁장을 넘어가면 인간의 낙을 알 수 있겠지만, 저희들은 오래도록 심궁에 갇히어 이와 같은 일을 하지 못하고 있사옵니다. 오직 대군의 위엄이 두려워서 이 마음을 굳게 지키고 있다가 시들어 죽을 뿐이옵니다. 궁중의 일에서 범한 죄가 없는데도 불구하고 죽어야만 하니, 어찌 원통하지 않으리이까. 저희들은 구천지하에서 죽어도 눈을 감을 수 없겠나이다."

이러한 부분을 통해 우리는 "인간의 성정을 억압하면서까지 존재하는 제도에 대해 어떻게 바라보아야 할 것인가?"라는 주제로 이 부분을 보다 심도 있게 이해할 수 있다.

조선, 궁녀의 삶

조선 초·중기 한양의 수성궁을 중심으로 펼쳐진 이 이야기는 당대 궁녀들의 삶이 고스란히 반영되어 있다. 궁녀들은 왕을 비롯한 왕족에게 배당되는 것으로 한 번 궁에 들어오면 병들어 고향으로 돌아가야 할 때까지는 외부와의 소통이 단절된다. 어린 나이에 가족의 품을 떠나 궁에 들어온 어린 궁녀들은 죽을 때까지 자신을 봐 줄 한 남자를 기다리며 쓸쓸한 삶을 영위한다.

임금의 승은을 입어 후궁이 되는 것은 몇 명의 궁녀에 불과하며, 대부분의 궁녀는 처녀로 늙는다. 이 작품의 운영 역시 궁녀이기 때문에 김 진사와 서로 사랑하지만 맺어질 수 없다. 이렇듯 이 소설은 조선 시대 궁녀들의 억압된 삶의 모습을 전면적으로 조명한 작품이다.